DREAMBOOKS

DREAMBOOKS★

DREAMBOOKS★

DREAMBOOKS★

Quinn, Charlize,
and Loquax

ORIGINAL FANTASY STORY & ADVENTURE

발렌 판타지 장편소설

dream
books
드림북스

정령의 펜던트 23 불의 정령왕, 스피넬

초판 1쇄 인쇄 2022년 7월 7일
초판 1쇄 발행 2022년 7월 28일

지은이 발렌
발행인 오영배
편집 편집부
일러스트 보살
표지 · 본문 디자인 오정인
제작 조하늬

펴낸 곳 (주)삼양출판사 · 드림북스
주소 서울시 강북구 도봉로 173
대표 전화 02-980-2112 팩스 02-983-0660
편집부 전화 02-987-9393 팩스 02-980-2115
블로그 blog.naver.com/dreambookss
출판등록 1999년 3월 11일 제9-00046호



ISBN 979-11-283-7157-8 (04810) / 979-11-283-9513-0 (세트)


+ 이 도서의 국립중앙도서관 출판시도서목록(CIP)은 서지정보유통지원시스템홈페이지(http://seoji.nl.go.kr)와 국가자료종합목록 구축시스템(http://kolis-net.nl.go.kr)에서 이용하실 수 있습니다.

23

발렌 판타지 장편소설

ORIGINAL FANTASY STORY & ADVENTURE

◆ 불의 정령왕, 스피넬 ◆

# 정령의 펜던트

dream books
드림북스

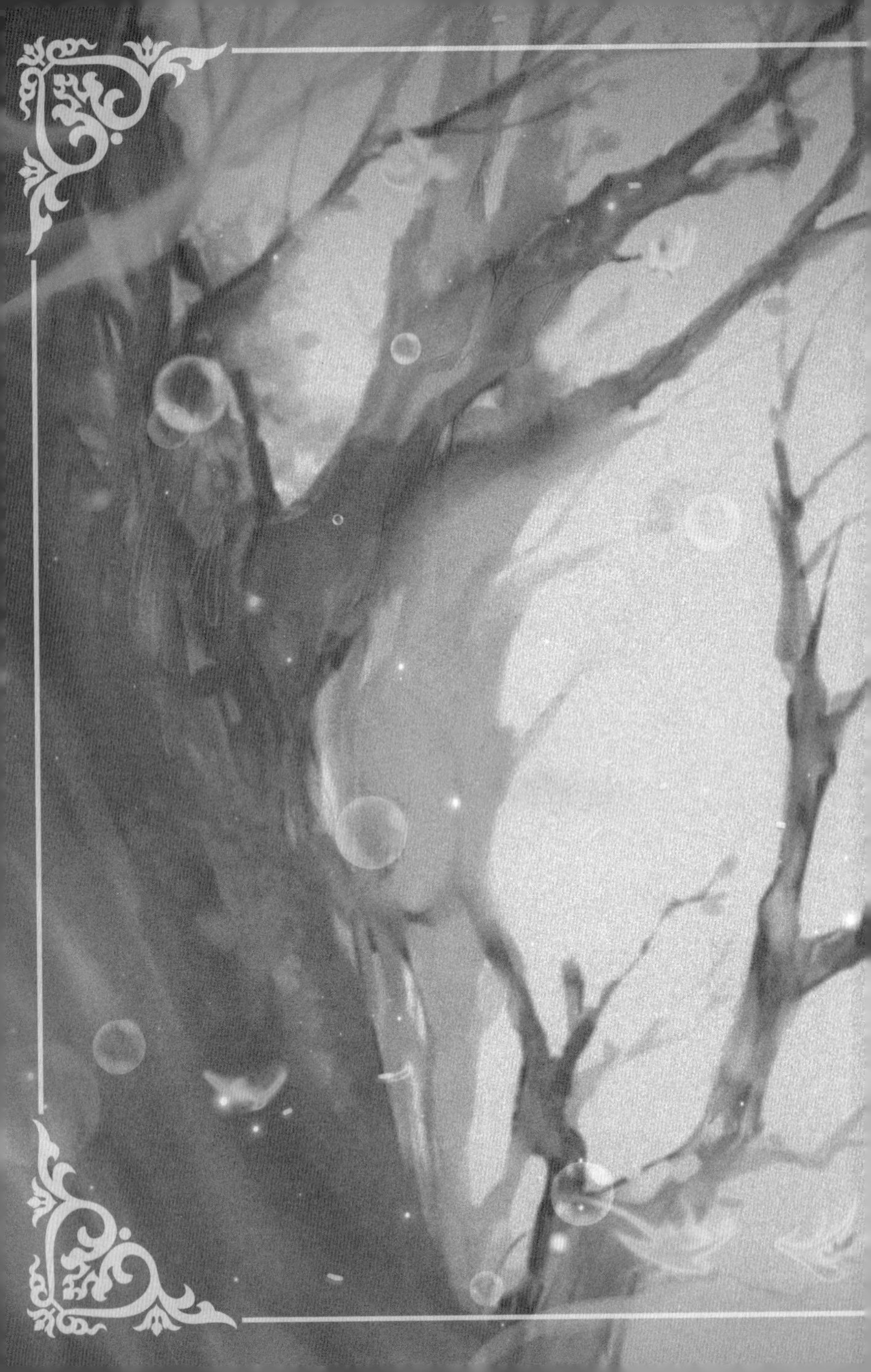

# 목차

# Chapter 1.
# 첫 번째 물의 정령

## 1.

"이, 이노센트……."

"방금 너…… 뭐 한 거야?"

엄청난 치유 능력을 갖춘 퀸조차 달리아의 다리는 고칠 수 없었다고 말했었다. 사고가 일어난 직후 곁에 있었다면 가능성이 있었겠으나, 그가 동생의 부상을 목도한 건 이미 수습 불가능한 지경에 이르고 나서였다.

퀸은 당시 달리아와 함께 있어 주지 못한 것을 두고두고 후회했다. 그런 녀석의 마음 한편엔 여전히 죄책감이 자리하고 있었다. 본인의 잘못이 아님에도 불구하고.

그래서일까.

퀸은 완전히 얼이 나간 듯한 표정이었다. 달리아의 새로 생겨난 다리를 보고 놀라긴 다들 매한가지였지만, 특히 그는 멍하니 눈만 슴벅거릴 뿐 입도 벙긋하지 못했다. 지금 이 상황을 꿈이라고 착각하는 것 같기도 했다.

"드디어 이 세계에 두 번째 정령사가 탄생하는 순간인가?"

데스의 중얼거림이 들린 건 그때였다. 달리아의 하반신에 정신이 팔린 와중에도, '정령사'란 그 단어만은 귀에 콕와 박혔다.

그걸 아는지 모르는지 데스가 피식 웃으며 덧붙였다.

"그게 인어국의 공주라니. 훗, 나쁘지 않군."

"저기요."

"데스……."

"그건 또 무슨 소리예요?"

뭐가 어떻게 된 영문인지는 몰라도, 일단 정령왕이 된 이노센트가 달리아의 다리를 고친 건 분명했다. 그런데 그게 어째서 두 번째 정령사니 뭐니 하는 쪽으로 이야기가 이어지는 것인지는 그들로서 이해할 수 없었다.

"너희, 정령사가 뭔지 몰라?"

"그야 당연히 알죠."

"우리가 그걸 어떻게 모를 수가 있겠어요?"

"근데 새삼 뭘 물어?"

데스가 친절한 편이 아니라는 걸 잠시 깜박했다. 차분히 설명을 해 주면 좀 좋으련만, 이번에도 그는 헷갈릴 소리만 해 댔다.

"하긴, 강한 적을 상대하려면 아군은 많으면 많을수록 좋지."

혼자 고개를 주억거리며 뜻 모를 말만 내뱉는 모습이 아주 밉상이었다. 같은 마족이라도 아마 마황이나 아몬이었다면 차분하게 설명해 주고도 남았을 터. 갑자기 그들이 보고 싶어지는 기현상이 일어났다.

「달리아…… 너 괜찮은 거지?」

넋이 나간 퀸을 대신해서 먼저 동생을 챙긴 건 샤를리즈였다. 그녀가 흔들리는 눈동자로 제 동생의 얼굴과 다리를 번갈아 살피며 물었다.

「으응…… 언니. 나 괜찮아.」

그리 대답하는 달리아의 시선은 한참 동안 아래에 못 박힌 듯 고정되어 있었다. 그녀 자신도 믿기지 않는 탓이었다. 한쪽 다리가 없는 채로 산 세월이 그렇지 않은 시절보다 훨씬 길다 보니 두 다리가 다 멀쩡히 있다는 것 자체가 낯설고 어색했다.

하지만 그렇다고 기쁘지 않을 리 없다. 달리아는 조심스레 한쪽 발을 움직여 보았다.

「허헉!」

그런 그녀에게서 가쁜 숨소리가 튀어나왔다. 새로 생긴 다리가 정녕 제 의지대로 움직이자 지켜보는 이들보다 본인이 더 놀란 눈치였다.

「어, 어떻게……!」

이제야 실감이 된 걸까.

무어라 형용할 수 없는 감정이 달리아를 휘감았다. 어느덧 눈물이 그녀의 고운 뺨을 적시고 하염없이 흘러내렸다.

「다시는…… 혼자서 못 걸을 줄 알았는데…….」

뿐인가.

물속에서도 누군가의 도움 없이는 가까운 거리조차 홀로 이동할 수 없는 처지였다. 그나마 일국의 공주로 태어나 무사히 버틴 것이지, 보통의 인어였다면 지금까지 멀쩡히 살아 있지도 못했으리라.

「고맙습니다. 흐흑, 정말 고맙습니다.」

멈추지 않는 눈물 때문에 시야가 자꾸만 흐릿해졌다. 그러나 달리아는 용케 이노센트가 있는 쪽을 향해 고개를 숙이며 감사 인사를 전했다.

수십, 수백 번을 말해도 모자랐다. 이 고마운 마음을 어떻게 전달해야 할지 몰라서 그녀는 그저 인사만 하고 또 했다.

"너무 잘됐다."

"완전 감동적이야."

그 광경을 보고 있자니 친구들의 가슴도 뭉클해졌다. 이노센트가 정령왕으로 승격한 사실이 새삼 또 한 번 자각되었다.

물의 정령왕이 되었을 때 이런 치유 능력이 생길 거라곤 아무도 상상하지 못했지만, 어쨌건 분명 기쁜 일임에는 틀림없었다.

"고마워할 필요 없어. 넌 충분히 자격이 있으니까."

이노센트에게서 다시금 따뜻한 말투가 흘러나왔다. 녀석은 정말로 달리아가 마음에 든 듯, 여전히 그녀의 곁을 맴돌았다.

그리고 그제야 바율은 이노센트가 왜 저러는지, 데스의 말뜻이 무엇인지 대충 짐작이 갔다. 이제까지는 달리아를 제대로 살필 겨를이 없어서 몰라봤지만, 다시 보니 확실히 그녀에게서 다른 인어들과는 다른 무언가가 느껴진 것이다.

이노센트가 말한 순수한 기운이라는 것이 뭘 뜻하는지 알 듯도 했다.

무엇에도 오염되지 않은, 맑고 투명한 물의 힘.

퀸이 지닌 강인함과는 또 다른 느낌이었다.

그의 감이 맞는다면, 이것이야말로 정령사로서 타고난 소질이었다. 그 성질이 이노센트로 하여금 달리아를 특별하게 여기도록 한 셈이다.

「달리아…….」

비로소 꿈이 아니라 현실임을 깨달았는지, 퀸이 뒤늦게 동생을 향해 다가갔다. 그런 퀸의 두 눈은 어느새 물기로 가득했다. 친구들로부터 바늘로 찔러도 피 한 방울 나오지 않을 거라는 소리까지 듣는 그가, 울고 있었다.

「오빠…….」

달리아도 알고 있었다. 저를 볼 때마다 마주하던 오빠의 슬픈 눈빛을. 그래서 일부러 더 밝은 척 웃음을 짓곤 했었다.

하지만 이젠 그러지 않아도 되었다. 힘을 잃고 한순간에 늙어 버린 숙부를 보고 더는 바랄 게 없다고 여겼거늘, 생각지도 못한 순간에 이런 기적이 일어났다.

울고 있는 오빠의 눈빛에서도 더는 슬픈 기색을 찾아볼 수 없었다. 달리아는 어떤 것보다 그 점이 제일 기뻤다. 가족이 저를 보고 더 이상 마음 아파하지 않아도 된다는 사실이 그녀에게는 최고의 선물이었다.

퀸은 두 눈을 질끈 감은 채 달리아를 꼭 끌어안았다. 지금 이 순간, 돌아가신 어머니가 불현듯 사무치게 그리웠다.

어머니께서 한쪽 다리가 다시 생겨난 달리아의 모습을 보셨다면 얼마나 좋아하셨을까.

저도 모르게 드는 생각에 퀸이 오열하며 동생을 더욱 힘주어 안았다. 그 심정을 누구보다 잘 이해한다는 듯 샤를리즈와 달리아도 엉엉 소리 내어 울기 시작했다.

그간 숙부에게 짓눌려 살아왔던 서러움까지 한꺼번에 북받쳐 올라온 것인지, 삼 남매는 서로를 부둥켜안고 그렇게 한참을 눈물지었다.

"퀸 저 자식, 지금 보니까 완전 울보네?"

"그러고 보니, 우리 예전에 내기 걸지 않았었냐?"

"내기?"

"나중에 인어국 일이 잘 풀리면 퀸이 울지 안 울지 말이야. 나랑 바율은 운다, 라이 너는 안 운다에 걸었잖아!"

에이단은 막 떠오른 기억에 손바닥으로 허벅지를 내리치며 소리쳤다.

"라나사, 너는 그때 없어서 모를 거야. 이게 무슨 소리냐면 말이지……."

당시 현장에 없었던 라나사를 위해 에이단은 서둘러 짤막하게 설명해 주었다.

"맞지? 너희도 기억나지?"

"응, 퀸이 짜증 내며 물 화살까지 띄웠잖아."

괜히 에이단의 편에 섰다가 퀸의 싸늘한 눈빛을 마주해야 했던 그날이 바울도 어렴풋이 생각났다.

"내가 처음으로 진실을 고백하러 왔던 때였지."

로건의 부연에 에이단이 '그래, 맞아!' 하며 일라이에게 손을 내밀었다.

"야, 내가 이겼어! 내놔!"

"뭘 내놔?"

밑도 끝도 없는 요구였다. 그에 일라이가 인상을 쓰며 되묻자 에이단이 엄지와 검지를 동그랗게 말았다.

"뭐긴 뭐야. 돈이지. 우리가 내기할 게 그거밖에 더 있냐? 난 내가 이길 줄 알았다니까!"

녀석은 아주 의기양양했다. 공돈이 생길 걸 상상하자 기분이 좋아진 게 확실했다.

"그래, 네가 이겼다고 치자. 근데, 너는 지금 그딴 소리가 나오냐? 이런 감격적인 순간에!"

내기에서 진 건 진대로 억울했지만, 일라이는 그것보다도 제 감동을 파괴한 에이단이 괘씸했다. 인어국의 삼 남매에게 진정한 행복이 찾아든 이 소중한 찰나에, 이게 대체 무슨 경우란 말인가.

녀석 때문에 자신은 물론, 함께 눈물을 찔끔거리던 친구들까지도 전부 눈물샘이 말라 버렸다. 황급히 돌아서는 이언 역시 급히 손을 올리는 모양새가 몰래 훌쩍거린 게 분명했다.

"…좀 기다릴 걸 그랬나?"

에이단 딴에는 불쑥 생각이 나는 바람에 앞뒤 분간 못하고 뱉어 낸 말이었다. 그런데 일라이의 말을 듣고 보니 자신이 좀 서둘렀나 싶긴 했다.

"나도 감동해서 울긴 울었어……."

저를 한심하다는 듯 쳐다보는 일라이의 눈길을 슬쩍 피하며 녀석이 애꿎은 목덜미를 긁적거렸다.

"고맙다."

그때 돌연 퀸이 눈물을 훔치며 친구들을 향해 돌아섰다.

"모든 게 너희 덕분이야."

수없이 말해도 모자랐다. 그는 진심을 가득 담아 말했다.

인어국의 왕자로 태어난 자신의 처지를 비관했던 적도 많았다. 신은 대체 왜 제게 이런 시련을 주는 건지, 불쑥불쑥 화가 치밀어 돌아 버릴 것 같은 날도 있었다.

하지만 왕세자란 책임감 때문에 모든 걸 참고 견디며 살 수밖에 없었다. 그러다 인간 세상으로 유학을 떠나게 되었고, 눈앞의 친구들을 만났다.

녀석들을 만나지 못했다면 어떻게 되었을까.

바울도 바울이지만, 그에겐 모두 다 소중했다. 친구들이 있기에 지금 같은 기쁨도 누릴 수 있다는 걸 퀸은 알았다.

"이노센트."

무엇보다 가장 고마운 건 이노센트였다. 하급 정령 시절부터 봐 왔던 녀석이기에, 퀸은 종종 이노센트가 제 동생처럼 여겨질 때가 있었다.

그랬던 녀석이 어엿하게 정령왕으로 성장해서 달리아의 다리까지 낫게 해 주었다. 이 고마움을 어찌 다 말로 표현할 수 있을까.

저를 향해 환하게 웃고 있는 이노센트를 보며 퀸은 한동안 아무런 말도 꺼내지 못했다. 그런데도 녀석은 다 안다는 양 오히려 그를 위로했다. 맑고 청량한 물의 기운이 힘내라는 듯 그의 몸을 감싸 안았다.

퀸에게는 그야말로 잊지 못할 순간이었다.

## 2.

"데스, 조금 전에 했던 말 얼른 다시 해 봐요. 두 번째 정령사 어쩌고 그랬잖아요."

"맞아요. 대체 그게 무슨 뜻이에요?"

그렇게 얼마나 지났을까.

잠시 후, 퀸과 동생들이 어느 정도 진정을 한 듯하자 에이단과 라나사가 궁금증을 참지 못하고 다시금 데스에게 물었다.

"두 번째 정령사?"

온 신경이 달리아에게 가 있던 터라 데스의 말을 듣지 못했던 퀸도 그제야 눈을 둥그렇게 뜨며 관심을 보였다. 얼마나 울었는지 녀석의 기름한 눈이 그사이 퉁퉁 부어 있었다.

이런 상황만 아니었어도 일주일 치는 될 만한 놀림거리였다. 하나 지금은 그보다 데스의 해명에 더 목이 말랐다.

"아무래도 달리아에게 정령사의 자질이 있는 것 같아."

바율은 귀찮아하는 데스를 대신해 직접 나서서 설명했다.

"그게 이노센트에게 어떤 긍정적인 영향이 되어서 달리아를 고쳐 준 거야. 물론 녀석에게 이런 능력이 있는 줄은 나도 방금 처음 알았고."

"우아! 그게 정말이야?"

"그럼 앞으로 바율 너 말고도 다른 정령사가 더 생길 수도 있다는 거야?"

"헐……."

"신기해."

놀라는 친구들 사이로, 부은 얼굴을 한 채 당황하는 달리아의 모습이 보였다. 다리가 완치되었다는 기쁨에서 채 빠져나오기도 전에 이건 또 무슨 일인가 의아한 기색이었다.

"어이, 어이! 오해는 금물이야."

성가시다는 티를 팍팍 내며 어느새 뒤로 물러나 있던 데스가 갑자기 손을 휘저으며 끼어들었다. 눈빛으로 보건대 매우 귀찮긴 하나, 잘못된 정보를 전달할 수는 없다는 어떤 의지가 엿보였다.

"너희가 바율한테 너무 익숙해져서 착각한 것 같은데, 이 녀석은 열외야. 정령사라고 다 같은 게 아니라고."

"그거야 그렇겠지만…… 정확히 뭐가 어떻게 다른 건데요?"

"정령을 부린다는 사실 자체는 똑같은 거 아닌가요?"

"단순히 그것만 놓고 비교하면 그렇지. 하지만 정령사들에게도 엄연히 급이라는 게 존재해. 마법사도 실력에 따라 다르게 불리잖아."

"아, 하긴 듣고 보니 그도 그렇겠네요. 기사도 오러 기사냐, 아니냐에 따라 대우가 엄청나게 다른 것처럼."

라나사가 기사를 예로 들며 이해했다는 듯 고개를 끄덕이자, 데스가 이노센트를 포함한 사대 정령을 턱으로 가리키며 말했다.

"향후 대륙에 수많은 정령사가 생긴다고 쳐도, 아마 이 녀석들과 계약할 수 있는 놈들은 거의 없을걸? 예전엔 중급 정령만 소환해도 대단한 재능이 있다고들 떠들어 댔으니까. 물론 인간 기준이긴 하지만 말이야."

"중급 정령을 소환하는 것만으로도 그런 취급을 받았다고요?"

"그래. 거기에 특성상 정령사는 제법 희귀한 직업군에 속했지."

"그럼 바율, 넌 대체 뭐냐?"

"…어?"

"너는 중급도 아니고 상급 셋에, 이젠 정령왕까지 함께하고 있잖아. 게다가 남은 저 세 녀석도 곧 승격할 테니까, 어떻게 보면 모든 정령왕과 계약한 거나 마찬가지 아니야? 데스, 이런 경우가 과거에 있긴 있었어요?"

에이단의 질문에 데스는 일말의 망설임도 없이 대꾸했다.

"아니."

이어 퀸과 일라이도 단언하듯 내뱉었다.

"없었지."

"그건 불가능한 일이야."

"인간뿐 아니라 그 어떤 신도 그럴 수 없을 거라고 장담

하지.”

그 ‘불가능’이 실현되고 있는 작금의 상황이야말로 아주 기막힌 셈이었다. 정령계가 멸망하지 않았더라면 절대 일어날 수 없는, 아주 특수한 경우였다.

“역시 바율이 짱이었어.”

자신이 친구 하나는 끝내주게 잘 사귄 것 같다며 에이단이 별안간 손뼉을 쳐 댔다.

“더 중요한 건, 바율 네 몸속엔 전대 정령왕들의 기운이 전부 깃들어 있어. 무슨 말인지 알겠어? 넌 그냥 단순한 정령사가 아니라는 거야.”

“맞아. 사실 바율을 정령사라고 부르는 것도 마땅한 호칭이 없어서 그런 거라고. 넌 좀 더 특별하게 불릴 필요가 있어.”

정령에 관해 상대적으로 친구들보다 지식이 있는 편인 퀸과 일라이는 난데없이 여태까지 잘만 써 오던 ‘정령사’란 단어에 불만을 드러냈다.

“아니! 난 지금도 충분해!”

그에 바율은 마치 봉변이라도 당한 사람처럼 당황해서는 화급히 양손을 저었다.

“이 나이에 학생 신분으로 봉토와 작위도 받고 특무 대신까지 되었잖아. 더는 싫어!”

그러잖아도 이미 온 대륙의 관심이 그에게 쏠린 상태였다. 그를 칭하는 낯간지러운 별호 또한 헤아릴 수 없을 만큼 많았다. 여기서 더는 유난스러워지고 싶지 않은 게 솔직한 그의 심정이었다.

"그러기는 벌써 늦은 거 아닌가?"

"…뭐?"

"정령사가 앞으로 얼마나 더 생겨날지는 모르겠지만, 하나둘씩 늘어나다 보면 그중에서도 바율 네가 유독 특별하다는 건 자연스럽게 알려지겠지."

"어째서……?"

"그야, 네 곁에는 사대 정령이 있으니까. 그건 제국민이 다 아는 사실이잖아."

"아."

아둔하게도 거기까지는 미처 생각하지 못했다. 녀석들과 함께하는 게 언젠가부터 너무나 당연해진 탓이었다.

문득 사대 원소의 속성 모두를 갖고 있다는 것 자체가 말이 안 되는 거라던 퀸의 예전 말이 떠오른 바율은 낭패스러운 표정을 지었다.

"바율, 뭘 또 그렇게 울상을 하고 그래. 네가 관심받는 거 싫어하는 건 알겠는데, 어차피 우리가 방금 한 얘기는 먼 미래의 일이잖아."

"맞아. 아직 이 세상에 정령사는 너밖에 없어. 달리아도 소질이 있다는 거지, 계약을 한 건 아니니까."

다시금 화제가 달리아에게로 향했다. 일행의 시선이 재차 그녀에게로 쏠리자, 집중해서 오빠와 친구들 간의 대화를 듣고 있던 달리아의 뺨이 삽시간에 붉게 물들었다.

정황상 자신에게 정령사의 자질이라는 게 있다는 것 같은데, 그럼 이제 어떻게 되는 건가 싶은 기대와 걱정이 동시에 그녀를 사로잡았다.

그건 퀸 또한 비슷한 심경이었다.

"바율, 정말로 내 동생한테서 그런 게 느껴져? 이노센트가 다리를 치료해 주면서 순간적으로 어떤 착오가 생긴 건 아니고?"

그에겐 늘 아픈 손가락과도 같은 동생이었기에 퀸은 마냥 기뻐할 수만은 없었다.

"응, 퀸. 뭔가…… 그냥, 느낌이 달라."

바율은 그런 친구를 위해 걱정은 잠시 접어 두고 차근차근 설명했다.

"이런 건 나도 처음 느껴 봐서 뭐라고 말해야 할지 잘 모르겠지만, 어쨌든 이곳에 와서 만난 인어들과는 다른 기운이야. 그 때문인지, 나 역시 이노센트처럼 달리아가 조금은 더 친근하게 느껴지는 것도 같거든."

"오! 신기하다. 그 느낌이 뭔지 나도 한번 느껴 보고 싶네!"

"그럼 이제 이노센트가 물의 정령을 만들 일만 남은 건가?"

정령왕과 계약하는 건 아무나 할 수 없는 일이라고 했으니, 당연히 달리아에겐 그보다 낮은 정령의 존재가 필요했다.

마침 퀸과 동생들이 오기 직전 바율과 친구들도 그에 관한 이야기를 나누던 참이었다.

"그래, 바율! 얼른 알려 줘!"

가장 큰 관심을 보이던 이노센트도 달리아의 등장에 그만 깜박했다. 녀석이 그제야 기억이 났다는 양 바율을 닦달했다.

"그게 말이지……."

덕분에 바율은 또다시 난감한 상황에 처했다. 시기 좋게 등장한 퀸을 나름 구세주라 여기었거늘, 결국 똑같은 사태가 찾아왔다.

기대감으로 잔뜩 달아오른 이노센트를 보는 것도 곤욕이었다. 모른다고 대답하면 실망할 게 뻔할 텐데, 당장 떠오르는 방도가 없었다.

"그냥…… 생각을 해 봐, 이노센트."

"생각?"

"응. 간절하게."

결국 바율이 할 수 있는 조언이라고는 이 정도가 다였다.

바율은 이노센트가 그의 눈앞에 처음 나타나 정령의 존재를 알게 된 이후로 쭉 다른 정령들을 기다렸다. 그때 그가 한 일이라곤 오직 끊임없이 정령들을 생각하고 바라는 것뿐이었다.

결과적으로 사대 정령 모두 저마다의 방식으로 바율을 놀라게 하며 등장하긴 했지만, 어쩌면 그런 간절한 바람이 있었기에 그들과의 만남이 가능했던 것일지도 모른다.

친구들은 이미 바율이 방법을 모른다는 걸 눈치로 알아본 듯했지만, 다행히 이노센트는 아니었다. 녀석은 바율의 말을 한 치의 의심 없이 철석같이 믿으며 간절하게 염원했다.

부하야, 얼른 나오지 않을래?

내가 진짜 잘해 줄게.

넌 그냥 날 전하라고만 불러 주면 돼.

내가 바로 물의 정령왕이거든.

아, 너도 내가 이름 지어 줄게!

내가 왕이니까, 나보다는 조금 덜 예쁜 이름으로.

이왕이면 생긴 것도 귀여웠으면 좋겠다.

내 친구 잉그리드처럼.

가끔 몸집이 엄청 커질 때가 있긴 한데, 내 친구 중에서 제일 귀엽게 생겼거든.

너도 나오면 만날 수 있다?

내가 특별히 소개도 해 줄게.

그러니 부하야, 제발 태어나 줄래?

나 정말 전하라는 소리 듣고 싶단 말이야.

이노센트는 기도라도 하듯 두 손을 모은 채 열렬히 소망했다. 녀석의 속마음을 모르는 일행은 내심 조마조마한 눈빛으로 그런 그녀를 바라보았지만, 이노센트의 바람을 고스란히 들은 바율은 웃지 않기 위해 부단히 애를 써야만 했다.

정령은 인간계의 자연을 제어하기 위해서라도 탄생해야만 하는 존재들이었다.

하급, 중급, 상급 정령들이 고루고루 분포되어 각자의 일을 해야만 자연의 균형을 맞출 수 있게 된다.

근데 그런 정령들을 이런 식으로 만들어 내는 게 과연 맞는 것인가.

다른 방법이 있진 않을까.

셰임과 스피넬, 템페스타가 정령왕이 되면 그땐 또 뭐라고 해야 할지.

이노센트가 귀엽게 느껴지는 한편, 바율은 걱정하지 않을 수 없었다.

"헉!"

"저, 저기!"

실내에 기이한 현상이 생겨난 것은 그때였다. 차마 이노센트를 보고 있지 못했던 바율은 별안간 찾아온 서늘한 감각에 눈을 치떴다.

이노센트는 여전히 두 손을 모은 채 간절하게 기도하는 중이었다. 그런 녀석의 바로 옆, 허공에서 투명한 물방울이 방울방울 샘솟고 있었다.

물의 정령왕인 이노센트의 주변에는 항시 물방울이 산재했다. 하지만 이번에는 조금 달랐다. 작은 방울로 출발한 그것은 점점 그 크기를 키웠고, 심지어 조금씩 어떤 형태를 갖추기 시작했다.

갑작스러운 사태에 놀라 큰소리를 냈던 친구들은 약속이라도 한 듯 입을 꾹 다물었다. 괜한 소음이 방해가 될까 싶어 저절로 숨을 죽이게 되었다.

얼마나 그렇게 보고 있었을까.

"…에?"

"저건……."

"설마…… 잉그리드?"

그랬다. 중간까지만 해도 전혀 감지하지 못했지만, 제대로 된 모습을 갖춰 갈수록 물방울의 형상은 잉그리드를 꼭 닮아 있던 것이다.

바율은 어리둥절한 친구들과는 또 다른 이유로 놀라고 있었다.

잉그리드처럼 귀여웠으면 좋겠다는 이노센트의 바람이 정말로 실현되고 있었기 때문이다.

"삐욕?"

에이단의 정수리에 앉아 있던 잉그리드마저 신기했는지 총총거리며 울어 댔다.

"끝인가?"

완전한 모양을 갖춘 것인지, 어느 순간부터 더 이상의 변화가 없었다. 생긴 건 잉그리드를 닮았지만, 피그미부엉이인 녀석보다 몸집은 훨씬 컸다.

투명한 물빛을 머금은 부엉이를 보자 바율은 저절로 어머니가 떠올랐고, 정령계에 계신 어머니와 바일은 이노센트가 정령왕이 되었다는 걸 알고 있을까 불현듯 궁금해졌다.

파핫!

그때 갑자기 불꽃이 튀듯 부엉이가 두 눈을 번쩍 떴다.

"까, 깜짝이야!"

"뭐야."

"생긴 것만 잉그리드지, 느낌은 완전 다르잖아!"

"순간 잡아먹히는 줄 알았네."

강한 눈빛 때문에 언뜻 보면 그런 오해를 살 만도 했다. 투명한 빛을 발하는 몸체에 비해 눈동자는 아주 짙은 파랑색을 띠고 있었다. 왠지 모르게 바율은 그 눈 속에서 듬직한 느낌을 받았다.

강력한 물의 기운을 담고 태어난, 이노센트가 만든 첫 번째 물의 정령.

사라락.

그가 양쪽 날개를 펼치며 이노센트를 향해 정중히 예를 올렸다.

"신, 전하께 인사 올립니다."

새의 모습을 하고 있지만, 흘러나온 건 굵직한 저음이었다. 인간으로 치자면 삼십 대쯤의 건장한 체격을 한 남자가 연상되었다.

어딘지 중후감마저 느껴지는 그 목소리에 바율과 친구들은 한순간에 마음을 빼앗겼다.

"머, 멋있다……."

그러나 이노센트는 조금 생각이 다른 듯했다.

"뭐지, 이건?"

"……?"

"목소리가 왜 이따위야?"

태어나기만 하면 잘해 주겠다던 바람은 그새 잊은 게 분명했다. 잉그리드의 탈(?)을 쓴 낯선 정령의 음색에 이노센트가 분개하며 소리쳤다.

"전하고 나발이고, 너 당분간 입 열지 마! 어디서 이딴 게 나타났어!"

사실 이노센트는 새로 태어난 정령의 모습이 꽤 마음에 들었다. 제 바람처럼 잉그리드와 상당히 비슷한 생김새였기 때문이다. 덩치가 큰 건 아무 상관 없었다. 어차피 잉그리드도 종종 집채만 하게 변하곤 했으니까.

하지만 놈이 인사를 건네는 순간, 이노센트의 환상은 무참하게 깨져 버렸다.

그토록 원하던 '전하'란 소리를 들었음에도 참을 수가 없었다. 잉그리드를 닮은 저 귀여운 외모에서 어떻게 그런 굵직한 음성이 튀어나올 수 있는지, 녀석으로서는 도저히 용납하기가 어려웠다.

"이노센트, 너무하네! 이제 막 태어난 정령한테 그러면 안 되지!"

"네가 만들어 놓고 말도 하지 말라니, 그건 좀 아니다!"

"저 꼬맹이 성깔이 원래 저렇지, 뭐. 내 진작 이리될 줄 알았다니까!"

"상처받으면 어떡하지?"

"목소리는 저래도, 인간으로 치면 갓난아기나 마찬가지잖아."

때아닌 이노센트의 폭언에 난리가 난 건 오히려 친구들이었다. 탄생하자마자 구박을 받는 물의 정령이 안쓰러웠는지, 각기 이노센트에게 목청을 높였다.

"내가 뭘 어쨌다고 이래?"

이노센트는 이노센트대로 한목소리로 저를 나무라는 친구들을 이해할 수 없다는 듯 바라보았다. 그런 녀석의 얼굴엔 억울한 기색이 역력했다.

"너로 인해 이 세상에 나온 거잖아. 그럼 좀 잘해 줘야지."

"맞아. 이번에는 이노센트가 심했어."

"얼마나 당황했을까? 정작 본인은 아무 잘못도 없는데."

"잘못한 게 전혀 없지는 않지."

"…라이?"

다 같이 이노센트를 회유해도 모자를 판에, 갑자기 일라이가 엉뚱한 발언을 했다.

"잘못을 했다니? 저 정령이 말이야?"

"엥? 무슨 잘못?"

모두가 함께 지켜보지 않았던가. 물의 정령이 이노센트의 부름을 받고 태어나 눈을 뜬 뒤 한 일이라곤 겨우 인사가 전부였다. 그리고 목소리가 굵직하단 이유로 이노센트에게 욕을 먹은 것이고.

대체 언제, 어떤 잘못을 저질렀단 말인가?

바율과 친구들, 퀸과 동생들까지 눈을 휘둥그레 뜨며 일라이를 쳐다보았다. 그러자 녀석이 탐탁지 않은 표정으로 이노센트를 가리켰다.

"주인을 잘못 만난 죄."

"…뭐?"

"저 성질 더러운 꼬맹이를 죽을 때까지 모셔야 하는 팔자를 타고 태어난 게 저놈의 잘못이라고."

"야, 라이! 너는 또 무슨 그런 말을 하냐?"

"나는 순간 진짜 뭐라도 잘못한 줄 알았잖아!"

"이 자식이 괜히 분위기는 잡아 가지고!"

친구들의 험악한 말투에도 일라이의 생각에는 변함이 없었다.

"너도 참 앞날이 걱정이다, 걱정."

물의 정령을 향한 그의 염려에는 진심이 가득했다.

“하고 많은 정령왕 중에서 왜 하필이면 물이었냐? 스피넬 밑에서 태어났으면 인생 편하게 살 수 있었을 텐데 말이지. 이번 생은 텄다고 본다!”

“라이, 너 혹시 물의 정령이라서 그렇게 악담하는 거니?”

“아무리 스피넬이 좋아도 그렇지, 이러다 울면 어쩌려고 그래? 상처받으면 네가 책임질 거야?”

“상처? 야, 너희 지금 상처라고 했냐?”

일라이가 웃긴다는 듯 돌연 콧방귀를 꼈다.

“직접 좀 봐라. 저게 어딜 봐서 상처를 받은 모습이냐?”

그 말에 일라이에게 쏠렸던 시선이 일제히 물의 정령에게로 향했다. 그리고 그들은 목격했다. 처음과 전혀 달라지지 않은, 말 그대로 굳건한 물의 정령의 모습을.

일말의 요동도 없이, 날개를 접은 채 자리만 우뚝하게 지키고 선 그에게는 상처는커녕 당황한 느낌마저 없었다.

마치 견고한 성을 마주하고 있는 기분이랄까.

그 자태가 어찌나 강건한지, 앞으로 이노센트가 어떤 폭언을 퍼부어도 거기에 휘둘리거나 동요하지 않을 것 같았다.

“…그냥 겉모습만 그렇게 보이는 게 아닐까?”

“의외로 속은 문드러졌을 수도 있어.”

"아니. 괜찮은 것 같아."

바율이 친구들의 걱정을 덜어 준 것은 그때였다. 이노센트에게서 파생한 탓인지 물의 정령의 감정 역시 느낄 수 있었다.

왕의 명령에 충실한 신하는 다행히 아무 상처도 받지 않았다. 그저 고요하게 입을 다물고 있어야겠다는 생각뿐이었다. 그게 귀여워서 바율은 저도 모르게 비죽 미소가 새어 나왔다.

"거 봐라. 내 말이 맞지? 태어나자마자 욕을 먹고도 저리 멀쩡한 걸 보면, 저 물 삐욕이도 만만치 않겠어."

일라이는 혀를 차며 고개를 설레설레 내저었다.

"물 삐욕이?"

바율의 괜찮다는 말에 안도하기도 잠시, 생소한 단어에 친구들은 다시금 인상을 찡그렸다.

"그거 설마…… 물의 정령 보고 하는 말이냐?"

"응. 잉그리드랑 똑같이 생겼잖아. 앞에 물만 붙여 봤는데, 이상해?"

일라이는 실제로 잉그리드를 가끔 '삐욕이'라고 부르곤 했다. 비단 녀석뿐 아니라 아카데미 내의 많은 사람이 그리 칭하곤 했다. 잉그리드가 삐욕, 삐욕 하고 울다 보니 자연스럽게 생긴 별명이었다.

"이상한 걸 떠나서, 아직 이름도 지어 주기 전이잖아. 기분 나쁠 수도 있지."

"아무리 멋진 별명이라도 이름보다 낫겠니?"

"전에 저 녀석들 이름 지어 줄 때 생각 안 나?"

처음으로 모습을 드러낸 뒤, 저마다 바율이 어떤 이름으로 자신들을 불러 줄지 초롱초롱 눈빛을 빛내며 기대하던 게 엊그제 같았다.

그런 신성한 순간을 네가 망쳤다는 양 친구들이 눈을 흘기자, 일라이는 스리슬쩍 뒤로 물러났다. 이번만큼은 자신이 지나쳤나 싶은 생각이 조금 들기도 했다.

'그래도 물 삐욕이면 나름 귀엽지 않나?'

물론 그런 한편, 속으로 궁얼거리는 것 역시 잊지 않았다.

"이노센트."

"왜."

제가 만들어 놓고 실망감에 잔뜩 삐져 있는 이노센트의 모습은 철없는 어린아이와도 같았다. 이런 녀석을 잘 다독여서 어엿한 정령왕으로 만들어야 할 책임이 바율에겐 있었다.

"이노센트가 바란 대로 잉그리드를 닮은 정령이 태어났잖아. 잘해 준다고 했으면서, 벌써 잊었어?"

"안 잊었어! 근데 목소리가 이상하잖아. 잉그리드는 그렇지 않단 말이야!"

"하지만 이노센트가 목소리까진 바라지 않았잖아."

"…어?"

"잉그리드를 닮았으면 좋겠다고만 했지. 안 그래?"

"……."

바율의 말에 이노센트는 딱히 반박할 만한 변명거리가 떠오르지 않았다. 돌이켜 보니 정말 그랬기 때문이다.

바보같이 내가 왜 그랬지?

조금만 더 신중할걸.

"게다가 전하라고만 불러 주면 된다면서. 이노센트가 제일 듣고 싶었던 말 아니야?"

"맞아……."

"잉그리드에게 소개도 해 준다고 했던 것 같은데……."

"삐욕?"

바율은 마치 신호를 보내듯 뒤를 돌아보았다. 그러자 에이단의 정수리에서 고개를 갸웃거리고 있던 잉그리드가 기다렸다는 양 파드닥 날아올랐다. 그리곤 이노센트의 주변을 빙빙 돌며 삐욕, 삐욕 하고 울어 댔다.

"자기는 물의 정령이 마음에 든대. 그러니까 너무 뭐라고 하지 않았으면 좋겠대."

에이단이 귀엣말을 하듯 속닥거리며 친구들에게 통역해 주었다.

"자기랑도 좋은 친구가 될 수 있을 것 같다네. 크흑! 우리 잉그리드 너무 착하지 않냐?"

가슴을 부여잡는 모양새가, 어째 물의 정령보다 본인이 더 감동받은 눈치였다.

"아무튼, 우리 잉그리드가 지금 혼신의 힘을 다해 이노센트를 달래는 중이야."

과연 그런 잉그리드의 노력이 통했는지, 이노센트의 표정이 한결 밝아진 것도 같았다. 바율은 그 틈을 놓치지 않고 파고들었다.

"이노센트, 이제 기분이 좀 풀렸어?"

"뭐, 조금은……."

"그럼 내가 부탁 하나만 해도 될까?"

"무슨 부탁?"

"물의 정령을 함부로 대하지 않기."

"나 안 그랬는데?"

천연덕스럽게 시치미를 떼던 이노센트가 별안간 팔짱을 끼며 도도하게 말했다.

"그리고 내가 왕이잖아. 왕이면 다 마음대로 할 수 있는 거 아니야?"

"왕이라고 무조건 그럴 순 없어. 오히려 왕은 밑의 신하들을 잘 보듬고 이끌어 줘야 해. 다프네그란데 님이 하셨던 말씀 기억하지?"

전대 물의 정령왕을 거론하자 이노센트의 자세가 대번에 달라졌다.

"이제 네가 나의 뒤를 이을 차례다. 부디 정령계를 잘 일으켜 다오."

그녀가 했던 말이 이명처럼 그런 녀석의 주변에 메아리쳤다.

"…알겠어."

드디어 이노센트에게서 긍정의 답이 튀어나왔다. 전대 정령왕과의 만남을 떠올리는 것만으로도 녀석의 기세가 변했다. 이럴 줄 알았으면 진즉에 써먹을 걸 그랬나 싶을 정도로 아예 눈빛 자체가 바뀌었다.

"뭐부터 할까? 앞으로 나 뭐 하면 돼?"

이노센트의 의욕적인 태도에 친구들은 몰래 저들끼리 시선을 주고받으며 안도의 숨을 삼켰다. 한바탕 크게 대거리를 할 줄 알았건만, 예상보다 빠르게 상황이 정리되었다.

"우리 잉그리드 덕분이지."

"바율의 어르고 달래는 솜씨가 그새 늘었네."

누구의 덕이든, 다시 평화가 찾아왔다는 게 중요했다.

"일단 이름부터 지어 줄까?"

"이름?"

"응. 그래야 부를 때도 편하잖아."

이노센트는 곰곰이 생각에 잠겼다. 이러니저러니 해도, 본인이 처음 만든 정령이니 잘 지어 주고 싶다는 욕심이 생긴 것이다.

하지만 그렇다고 자신보다 좋은 이름을 주고 싶지는 않았다.

'아주 짧지도 않고, 길지도 않아야 하는데…….'

이름이 길수록 좋다고 생각하는 녀석이었다. 그 귀여운 속마음에 바율은 또다시 웃음이 나오려고 했지만, 그랬다간 이노센트가 어떻게 엇나갈지 알 수 없었기에 가까스로 참았다.

"내가 좀 도와줄까?"

기실 바율은 물의 정령을 처음 본 순간 떠오른 이름 하나가 있었다. 마침 이노센트의 기준에 부합하기도 했다.

"뭔데, 바율?"

이름을 짓는다는 게 보통 어려운 일이 아니라고 생각하던 이노센트였기에 바율의 말은 생명수와도 같았다.

"토파즈."

"토파즈?"

"푸른 보석에서 따온 이름이야. 어때?"

"음…… 괜찮은 것 같아."

셰임보다 길고 자신의 이름보다는 짧았다. 잠시 고민하던 이노센트가 물의 정령을 보며 엄숙하게 말했다.

"앞으로 네 이름은 토파즈야. 알겠니?"

"네, 전하."

물의 정령, 토파즈가 고개를 조아리며 대답했다.

"내가 처음에 했던 말은 잊어도 돼."

"네, 전하."

"난 우리가 잘 지냈으면 좋겠거든."

"네, 전하."

토파즈가 '전하'라는 말을 내뱉을 때마다 이노센트의 두 뺨이 실룩거렸다. 바율과 친구들은 누가 먼저랄 것 없이 재빨리 등을 돌렸다. 그런 그들의 어깨는 쉴 새 없이 들썩이고 있었다.

"내가 말이지……."

태어나자마자 조용히 하라고 할 때는 언제고, 이노센트는 계속해서 토파즈에게 말을 붙였다. 대부분이 별 쓸데없는 얘기인 것으로 보아, 대화의 진정한 목적은 이야기 전달이 아닌 듯했다.

그리고 매우 충성스럽게도 토파즈는 말끝마다 '전하'를 남발하며 이노센트가 바라는 바를 충족시켜 주었다.

# Chapter 2.
# 울지 마, 퀸

# 1.

「왕세자 저하, 국왕 전하께서 찾으시옵니다.」

이노센트와 토파즈 간에 오가는 한담을 킥킥거리며 듣고 있던 와중이었다. 노크 소리에 이어 웬 남성이 왕의 부름을 전했다. 국무에서 벗어나 오랜만에 해방감을 느끼며 시원하게 웃고 있던 퀸의 안색이 삽시간에 굳었다.

"오빠……."

그런 퀸을 샤를리즈와 달리아가 불안한 눈빛으로 응시했다. 병상에 계신 아버지가 아들을 불렀을 뿐인데, 왜인지 제 오라비를 보는 그녀들의 얼굴에 들어찬 건 근심과 염려였다.

퀸이 제 부친을 달갑게 여기지 않는다는 건 친구들도 어느 정도 눈치로 알고 있었다. 야망도, 능력도 없는 한심한 왕이라며 거침없이 비난을 쏟아 내던 퀸의 모습이 여전히 머릿속에 또렷했다.

하지만 지금 남매들의 반응으로 보건대 퀸이 아버지에게 느끼는 감정은 단순한 원망 정도가 아닌 듯했다. 친구들의 예상보다도 부자 관계가 훨씬 심각한 게 분명했다.

퀸은 잠시 말이 없었다. 아버지의 부름에 당장 일어서지도, 그렇다고 가지 않겠다는 거부 의사도 표현하지 않았다. 이미 여러 차례 이런 전적이 있었는지 누구도 굳이 재촉하지 않았다.

"같이 갈래?"

그러던 어느 순간, 녀석이 먼저 친구들에게 제안했다.

"…우리가 가도 되겠어?"

"너 불편해 보이는데, 우린 그냥 있을게."

"이제 곧 돌아가야 하잖아. 인사는 하고 가."

안 그래도 그게 내내 마음에 걸렸었다. 여기까지 왔으니 본국으로 귀환하기 전에 퀸의 아버지를 뵙고 인사 정도는 드려야 할 텐데, 차마 그 말을 먼저 꺼낼 수가 없어 다들 서로 눈치만 보던 참이었다.

퀸의 아버지는 대체 어떤 분이실까.

바율은 걱정이 되는 한편, 궁금하기도 했다. 가장 큰 위협이 되던 바쉐론도 처리했으니, 이번 기회에 부자가 화해하면 좋겠다는 생각도 해 보았다.

하나 생각은 생각일 뿐, 자세히 알지도 못하는 남의 가정사에 함부로 끼어드는 것은 예의가 아니기에 말을 아꼈다.

"해저로 내려가야겠지?"

퀸의 아버지는 대부분을 해저 왕성에서 지내신다고 들었다. 그러니 친구들은 당연히 연못을 통해 그곳으로 갈 거라고 예상했다.

그런데 문밖에서 대기하던 사내는 의외로 일행을 실외가 아닌 실내로 이끌었다. 그에 가장 먼저 의아함을 드러낸 건 퀸이었다.

「어째서 이리로 가는 거지? 설마…… 아버지가 올라와 계신 것이냐?」

「예, 저하. 그리하길 원하시어 조금 전, 신이 직접 모시고 왔사옵니다.」

「…힘들어하시지는 않더냐?」

「그래도 근래 안색이 많이 좋아지셨습니다. 저하께서 바율 님을 모시고 온 덕택이지요.」

말을 마친 사내는 돌연 퀸의 옆에서 걷던 바율을 향해 고개를 숙이며 감사를 표했다.

사육장에서 돌아온 후로 만나는 모든 인어마다 그러했기에, 바율은 이제 제법 의연하게 대처했다. 처음엔 어색하고 민망해서 얼굴이 붉어질 때도 있었지만, 지금은 담담히 미소 지으며 인사를 받을 만큼 익숙해졌다.

「처음부터 내가 아닌 내 친구들이 목적이었군. 아버지께서 직접 보고 싶다 하신 것이냐?」

아무리 몸 상태가 좋아졌어도, 인어에게 해저보다 지상이 나을 리 없다. 그런데도 굳이 올라오신 것을 보면 친구들을 꼭 만나겠다는 속내를 가지고 있는 게 틀림없었다.

「저하께 하실 말씀이 있는 듯 보였습니다. 거기에 일국의 군주로서 감사 인사도 전하고 싶으신 게 아닐런지요.」

「…일국의 군주?」

그 말의 무엇이 퀸을 건드렸을까. 녀석이 돌연 우뚝 멈춰서더니 냉소했다. 차라리 웃지 않는 게 나을 만큼 싸늘한 표정이었다.

「어이가 없군.」

「저하…….」

「너는 아니 그러하냐?」

퀸은 고개를 돌려 사내를 빤히 쳐다보았다.

「대답해 보아라. 네가 아버지의 최측근이니 누구보다 잘 알 것 아니냐?」

「…….」

「'일국의 군주' 로서, 여태 아무것도 하지 않으셨던 분이시다. 한데 이제 와서 무슨 바람이 불어 군주 노릇을 하시겠다는 것이냔 말이다. 너는 그게 진정 이해가 가느냐?」

「저하, 전하께선 그저…….」

「아니다. 돌이켜 보니 아무것도 하지 않으신 건 아니구나. 내게 딱 하나 명하신 바가 있었지.」

퀸이 서늘한 눈빛으로 마치 씹어뱉듯 말했다.

「숙부에게 대들지 말거라. 숙부의 말이 곧 아비의 뜻이니라. 네 숙부가 하자는 대로만 하거라.」

그 숙부라는 작자는 어머니를 죽인 원수였다. 자신에게는 어머니지만, 동시에 제 아비에게는 하나뿐인 아내였다.

한데 임금이란 자가 아들에게 한다는 소리가, 어미를 살해한 자를 따르라는 것이었다. 힘에 굴복한 자의 꼴이 그리도 초라할 수 없었다.

차라리 목숨을 걸고 싸우다가 전사하였더라면 이토록 원망스럽지는 않았을 터다. 일말의 노력조차 없이 무력하게 자리만 지키고 있는 제 아비가 퀸은 밉다 못해 증오스러웠다.

"퀸……."

갑자기 녀석이 이성을 잃고 분노하자 친구들은 당혹스러

웠다. 아무리 화가 났어도 그들 앞에서 이렇게까지 흥분했던 적은 없었기에 덜컥 가슴이 내려앉았다.

남도 아닌 가족, 더욱이 자신을 낳아 준 부모였다. 분을 이기지 못해 서슴없이 막말을 퍼부었지만, 아버지를 미워하는 그 마음은 당사자인 퀸에게도 고통일 것이다.

무어라 위로하고 싶었으나 친구들은 도저히 입술이 떨어지지가 않았다.

「그랬던 숙부를 내가 옥에 가두었다. 하루에도 수백 번씩, 당장이라도 갈기갈기 찢어발기고 싶은 충동을 가까스로 억누르고 있지. 왜인지 아느냐?」

사내는 답하지 않았지만, 퀸도 그의 답을 바란 건 아닌 듯했다.

「기회를 주는 것이다.」

「……?」

「일국의 군주로서 제대로 된 명을 내릴 기회. 아내를 살해하고 막내딸의 꼬리를 자른 제 친혈육을 올바르게 벌할 수 있는 마지막 기회 말이다.」

그 태도에 따라 퀸은 결정할 작정이었다. 아버지와의 인연을 끊어 낼지, 이어 갈지에 대해.

「…가자.」

멈추었던 퀸의 다리가 그제야 다시 움직이기 시작했다.

사내는 송구하다는 듯 허리를 깊게 숙이고 일행을 재차 목적지로 안내했다. 말 한 번 잘못 내뱉었다가 된통 당한 꼴이었지만, 그는 그다지 당황한 기색이 아니었다. 마치 이런 상황이 익숙하기라도 한 것처럼.

삭막해진 분위기 탓에 친구들은 접견실에 당도할 때까지 아무 말도 하지 못한 채 그저 걷기만 했다. 가벼운 농담으로 퀸의 기분을 풀어 줄까 싶기도 했지만, 이런 상황에선 외려 역효과가 날까 봐 선불리 말도 붙일 수 없었다.

「전하, 왕세자 저하와 그 친구분들께서 오셨사옵니다.」

문이 열리기 전, 일행의 도착을 알리는 신하의 음성이 먼저 울려 퍼졌다. 왕성에서 일주일이 넘는 시간을 보냈지만, 친구들로선 처음 와 보는 곳이었다.

삼엄한 경비가 바율의 예민한 감각을 건드렸다. 인어국의 왕이라는 직함에 걸맞게 그 수가 꽤 많았다. 혹시 모를 바쉐론의 잔당들을 대비한 것 같기도 했다.

「왔느냐.」

드디어 퀸의 아버지를 만나 뵙는 순간이었다. 바율과 친구들은 긴장을 누그리며 단상을 향해 시선을 들었다. 그리고 그들은 동시에 눈을 홉떴다.

'…퀸?'

누가 봐도 부자 관계임을 부정할 수 없을 만큼 그 외모가 퀸과 닮아 있었기 때문이다. 시릴 정도로 하얀 피부에 굽이치는 푸른 머리칼, 그리고 그보다 더 진한 파란색 눈동자. 군데군데 살짝 주름이 진 것 말고는 퀸과 거의 판박이였다.

보아하니 퀸과 샤를리즈는 아버지를 닮았고, 막내인 달리아만 유일하게 외탁한 모양이었다.

「부르셨다고요.」

퀸은 눈을 내리깔고 딱딱하게 대꾸했다. 조금 전처럼 대놓고 화를 내지는 않았지만, 그 어조에 불만이 잔뜩 배어 있었다.

그럼에도 아들을 보는 인어국의 왕, 스웨이츠의 입가에는 미소가 그득했다. 그는 인자한 표정으로 퀸과 녀석의 친구들을 천천히 살피었다.

오랜 세월을 병마와 싸워 왔다던 그는 우려와 달리 안색이 그리 나쁘지 않았다. 그저 조금 기운이 없어 보이는 정도였다.

하지만 허공에서 그와 눈길이 마주하는 찰나, 바율은 흠칫 몸을 떨었다.

"……!"

원기가 너무나 희미했다. 인간으로 치면 맥이 느껴지지 않을 만큼 약했다.

그건 물의 기운과는 또 달랐다. 이런 느낌은 여태껏 어떤 인어에게서도 받은 적 없었다. 심지어 모든 힘을 잃고 폭삭 늙어 버린 바쉐론에게서조차.

손을 대면 바삭, 하고 부서질 것만 퀸의 아버지를 바율은 한동안 멍하니 바라보았다.

'아닐 거야!'

애써 부정했지만 바율은 본능적으로 알 수 있었다. 그에게 남은 날이 얼마 되지 않는다는 걸.

쿵쾅쿵쾅.

심장이 무섭도록 뛰었다. 두 눈은 저절로 퀸을 향해 돌아갔다.

'넌 이걸 모르는 거니?'

당장 말해 줘야 할 것 같은데, 대관절 뭐라고 전해야 할지 정리가 되지 않았다. 별안간 머릿속이 하얘졌다. 주변을 쓱 둘러보았지만, 자신을 제외하곤 아무도 모르는 분위기였다.

"네가 전설의 그 아이로구나."

바율이 지금 어떤 심정인지 알지도 못한 채, 스웨이츠가 웃으며 제국어로 먼저 말을 걸었다. 전혀 환자라고는 생각되지 않을 만큼 힘 있는 목소리였다.

"안녕하세요. 바율 로마노프 혼 란데르트라고 합니다."

바율은 자신이 무슨 정신으로 대답을 하는지도 몰랐다. 그저 예를 차려야 한다는 생각에 급히 허리를 숙이며 습관처럼 인사했다.

뒤이어 친구들도 각기 이름을 밝히며 예를 올렸다.

"여기까지 행차하신 걸 보니 몸 상태가 많이 좋아지신 모양입니다."

"듣지 못하였느냐? 물의 정령왕의 탄생으로 바다가 바뀌고 있다. 심지어 병세가 가벼운 이들 중에선 완치한 자도 있다더구나."

"그렇습니까?"

그건 제 알 바가 아니라는 듯 퀸의 말투는 시종일관 삐딱했다.

"하니 아비가 어찌 가만히 있을 수 있겠느냐. 감사한 마음을 전하고 싶어서 이리 왔다. 마침 네게 당부해야 할 말도 몇 가지 있고."

"당부요?"

퀸은 예상치 못한 단어에 미간을 우그리곤 아비의 다음 말을 기다렸다. 상황이 상황이니만큼, 무슨 말씀을 하실지 자못 기대가 되기도 했다.

"세비르를 석방하거라."

"뜬금없이 그게 무슨 소립니까? 세비르가 누군지는 알고 그리 말씀하시는 겁니까?"

"북방위주는 죄가 없다."

"죄가 없다니요? 놈은 바쉐론에게 붙어 역모를 저지른 대역 죄인입니다. 설마 다음 당부는 숙부를 방면하라는 것입니까?"

"북방위주를 보낸 건 나다."

"……?"

"내가 그 녀석을 바쉐론에게 가라 했다."

"저와 가장 절친했던 친우를…… 아버지께서 직접 숙부의 오른팔로 내어 주셨다고 자백하시는 겁니까, 지금? 제가 맞게 이해한 건가요?"

"그래. 가서 성심을 다해 모시라 하였다."

하얗게 질려 가는 아들의 얼굴을 똑똑히 마주 보며 스웨이츠가 덧붙였다.

"당시 널 살릴 방법은 그것뿐이었다."

퀸의 고개가 모로 기울어졌다.

비슷한 시기에 태어나 어려서부터 함께 자란 세비르는 그가 유일하게 감정을 솔직하게 털어놓으며 의지했던 벗이었다.

유약한 아비와 포악한 숙부 사이에서 숨이 막힐 것 같은 답답함을 느낄 때마다 녀석과 먼 대양까지 미친 듯이 헤엄을 치곤 했다. 그러고 나면 잠시나마 마음이 편안해지던 시절이 있었다.

어린 동생들에게도, 저를 진심으로 모시는 신하들에게도 말하지 못한 속마음을 세비르에겐 전부 이야기하고는 했었다.

그랬던 친우가, 어느 날 홀연히 제 곁을 떠났다. 그리고 얼마 뒤 바쉐론의 앞잡이가 되어 나타났다.

그때 퀸이 받았던 충격은 말로는 무어라 표현하기 어려운 수준이었다. 잠이 오지 않아 뜬눈으로 밤을 지새운 건 물론, 한동안 식사도 제대로 하지 못했다.

도무지 믿기지가 않아서 직접 세비르를 찾아가 장난이 지나친 게 아니냐고 물었을 때, 그는 그저 가문의 결정이라고만 짤막하게 대꾸할 뿐이었다.

그렇게 퀸은 평생의 친구를 어이없게 잃었다. 그가 아카데미에 입학하고 친구들에게 마음의 문을 쉽게 열지 못했던 까닭도 그런 사건의 영향 탓이 컸다.

그런데 그 모든 게 아버지의 명이었다고?

그게 나를 살릴 유일한 방법이었다고?

"하하!"

제 아비의 말을 곱씹으면 곱씹을수록 기가 막혀 퀸은 헛웃음이 절로 나왔다.

"아버지."

한참을 웃어 대던 그가 돌연 정색하며 사나운 눈빛으로 단상을 노려보았다.

"대체 그리 말씀하시는 저의가 무엇입니까? 북방위주가 옛정을 봐서 제발 살려 달라, 아버지께 몰래 청이라도 드렸습니까?"

"퀸……."

"아니면, 설마 어머니에 대한 한 줌의 죄책감 때문에 이제 와서 그런 말도 안 되는 핑계를 대시는 겁니까? 어머니께서 세비르를 꽤 예뻐하시지 않았습니까."

세비르는 돌아가신 어머니에겐 먼 친척뻘이기도 했다. 녀석의 어미와 퀸의 어미가 친했기에 그들도 자연스럽게 어울리게 된 셈이었다.

"예외는 없습니다. 모든 일은 국법대로 처리하겠습니다. 하물며 어린아이라 할지라도 말입니다."

아무것도 모를 그 아이들에게 죄가 있다면, 부모를 잘못 만난 죄가 다였다. 퀸이라고 속이 편할 리 없었지만, 그래야만 뒤탈이 없었다.

이번 기회에 역심을 품는다는 게 얼마나 무섭고도 엄청난 일인지 제대로 보여 줄 참이었다.

"너의 단호함은 잘 알았다. 하나 세비르는 나의 명을 따랐을 뿐이다. 거부할 수도 있었건만, 녀석은 널 위해서 기꺼이 그 사지나 다름없는 곳으로 간 것이다."

"자꾸 저 때문이라고 하시는데, 그래서 놈이 절 위해서 대체 뭘 했단 말입니까? 무슨 능력으로 절 살렸다는 건지, 어디 말씀 좀 해 보시지요."

"네 숙부의…… 장난감이 되었다."

"뭐라고요?"

"너 대신에 내 아우의 노리개가 되었다, 이 말이다!"

스웨이츠가 거친 숨을 토하며 소리쳤다.

"바쉐론의 성정을 모르느냐? 놈은 네 어미가 죽은 뒤 발광하며 날뛰었다. 겨우 진정한 후에도 분풀이할 대상이 필요했지. 그때 눈에 띈 게 바로 너였다. 네 어미가 끔찍이도 아끼던 퀸, 너를 점찍은 것이다."

숙부의 비틀린 욕망과 증오심에 대해서라면 퀸도 이미 알 만큼 알았다. 그는 직접 손만 대지 않았을 뿐, 갖은 방식으로 자신을 괴롭혀 왔으니까.

"그러니 내가 무얼 할 수 있었겠느냐? 그놈의 관심을 돌리는 수밖에."

"그게 왜 하필……."

"어째서 세비르였냐고? 너와 비슷해서다. 같은 나이에, 로젠이 예뻐하던 아이라는 점도 똑같았지. 너희는 늘 붙어 다니지 않았더냐."

“그래서…… 숙부는 그 녀석이 마음에 들었답니까?”

“재밌어하더구나. 친구를 잃고 괴로워하는 널 보면서. 제 마음에 들기 위해 아등바등 시키는 건 뭐든 하는 세비르를 보면서.”

“그런 미친…….”

“그래. 놈은 미쳤다. 제가 그리 갖고 싶었던 것을 끝내 갖지 못하게 된 순간부터 완전히 미쳐 버렸지.”

바쉐론이 유일하게 원하던 단 하나의 존재.

바로 그의 형과 결혼한 로젠펠드였다.

둘은 본디 소꿉친구였다. 비록 성별은 달랐지만, 퀸과 세비르처럼 절친했던 사이였다. 그리고 성인이 되어 로젠이 형수가 되던 날, 바쉐론은 그제야 자신이 그녀를 연모하고 있었음을 뒤늦게 깨달았다.

그는 인어국 최강의 전사였다. 차남으로 태어나 왕이 되지는 못했지만, 그에겐 마음만 먹으면 뭐든 손에 넣을 수 있는 막강한 힘이 있었다.

하지만 로젠만은 아니었다. 로젠도 필시 저와 같은 마음일 거라고 생각했던 게 그의 오만이었다. 연애가 아닌 정략혼이었으나 로젠은 결혼 생활에 충실했고, 만족하는 듯했다. 스웨이츠와 그녀는 서로에게 스며들 듯 자연스럽게 부부가 되었다.

그런 그녀의 마음도 모른 채 바쉐론은 형을 버리고 제게 오라며 당당히 청했다. 몇 번이고 반복되는 그 말도 안 되는 행위에 지친 로젠이 언젠가 다시는 널 보지 않겠다고 매몰차게 거절했을 때, 바쉐론의 머릿속에서 무언가가 뚝 끊어져 나갔다.

그가 폭군으로 돌변하기 시작한 건 그쯤이었다.

그리고 로젠이 딸을 지키기 위해 제 앞에서 스스로의 목숨을 포기한 순간, 바쉐론은 모든 인간성을 내려놓았다. 불행히도 당시 인어국에는 폭주하는 그를 막을 수 있을 만한 자가 존재하지 않았다.

"하여 죽여야만 했다."

"……?"

"어떻게든, 무슨 수를 써서라도 놈을 죽이라 명했다."

"…지금 혹시 세비르에게 숙부의 암살 명령을 내렸다는 말씀입니까?"

"녀석에게만 그런 명을 내렸을 것 같으냐?"

수백, 아니, 수천 명을 보냈다. 제 입으로 친동생을 죽이라 명하고 또 명하였다. 물론 성공으로 이어진 적은 단 한 번도 없었다. 바쉐론은 너무나 쉽게 암살자들을 제압했다.

심지어 놈은 끝도 없이 찾아오는 암살자를 기꺼워했다. 바쉐론에겐 그것조차 무료한 일상에 가해진 재미였다.

"어느 날 세비르가 찾아와서 그러더구나. 암살에 실패했지만, 네 숙부가 봐주었다고. 언제든 틈을 봐서 또 덤벼 보라 했다고."

"그 녀석은……."

"이후로도 꽤 시도를 많이 했던 것 같다. 여태까지 죽지 않고 살아 있는 게 기적이라 할 만큼."

퀸은 전혀 모르던 사실이었다. 이런 건 누구도 제게 말해주지 않았다.

「그냥 돌아가시면 안 됩니까?」

태양의 심장을 찾으러 사육장에 갔을 때, 세비르는 그를 보자마자 돌아가라 부탁했다. 사육장에선 아무도 숙부를 감당할 수 없다며, 진심으로 저를 걱정하는 척 연기를 했다.

근데 이제 보니 그게 연기가 아닌, 녀석의 진짜 속내였다. 미련스럽게도 자신에겐 그 어떤 한마디 핑계조차 대지 않은 채, 그 오랜 시간을 바쉐론의 개로 살았다.

"참 잘하셨습니다."

사실을 알게 되자 새삼 분노가 들끓었다. 자신을 대신해서 온갖 수모를 겪었을 친구가 가여웠고, 그렇게 만든 아비가 원망스러웠다.

"그 녀석을 그런 악의 소굴로 떠밀어 놓고, 잠은 잘 오셨습니까? 그 모든 게 다 저를 위해서였다고요?"

퀸은 고개를 세차게 저었다.

"아니요. 그건 그저 변명일 뿐입니다. 이제 와서 포장하려고 하지 마십시오. 그래 봤자 아버지는 여전히 처자식도 제대로 지키지 못한 나약한 왕이십니다."

아들의 비수와도 같은 말이 가슴에 와 박혔다. 그러나 스웨이츠는 잠시 호흡을 가다듬을 뿐, 표정에 큰 변화는 없었다.

"나도 안다. 내가 못난 아비이자 유약한 군주임을."

그가 물끄러미 아들을 바라보았다.

"하지만 말이다. 모든 왕이 훌륭할 수는 없지 않겠느냐? 비겁한 변명이라 해도 할 수 없다. 이리 타고난 것 또한 나의 운명인 것을."

스웨이츠라고 처음부터 이랬던 건 아니었다. 장자로 태어나 나라를 이끌어야 할 그가 동생은 물론이요, 보통의 인어보다도 약한 몸을 지니고 나왔다.

그는 솔직히 바쉐론이 왕위에 더 어울린다고 생각했다. 하지만 녀석은 왕위엔 전혀 관심도 보이지 않았고, 대신들 역시 장남이라는 이유로 그를 왕으로 추대하였다.

정령계의 멸망으로 인어국은 점점 쇠락해 가는 실정이었

지만, 바쉐론이 문제를 일으키기 전까지는 그런대로 평화로웠다.

하나뿐인 동생이, 언제나 자랑스럽게 여겼던 제 동생이 그토록 끔찍한 괴물로 변할 거라고는 그땐 정말 상상도 하지 못했다.

"그러니 퀸, 너는 이 아비처럼 되지 말거라. 무능한 왕이 아니라, 성군이 되어라. 너라면 그리할 수 있을 것이다."

갑자기 엄숙해진 아버지의 말에 격노하던 퀸의 어깨가 흔들렸다. 그 말투가 꼭 마지막 인사처럼 들려왔기 때문이다.

"지금 제게 책임을 떠넘기시려는 겁니까?"

퀸의 음성이 한층 더 높아졌다.

"싫습니다! 제가 그리되길 원하시면, 아버지께서 먼저 본을 보이십시오."

"퀸……."

"이제라도 성군이 되어 보시라는 말씀입니다. 될 수 있다면 말이지요."

성군이 되어 보라는 아들의 말에 스웨이츠는 처음으로 당혹스러운 기색을 보였다. 그런 그의 눈빛에서 바율은 그가 본인의 앞날이 얼마 남지 않았다는 걸 알고 있음을 간파했다.

"설마 자신 없으십니까? 혹 숙부와 같은 존재가 또 나타날까 봐 겁이라도 나십니까?"

그런 것도 모른 채 퀸은 아버지의 속을 후벼 파는 말만 계속했다.

하나 퀸으로서는 진심이었다. 숙부를 해치운 마당에 이제 두려울 것이 뭐가 더 있단 말인가.

그는 제 눈으로 지켜보고 싶었다. 변화하는 바다를, 그리고 발전하고 성장하는 인어국을 다스리는 아버지의 모습을.

"치료도 받으십시오."

퀸은 마치 선포하듯 말했다.

"제가 아버지를 치료하겠습니다."

"그건 안 된다!"

"아버지!"

"내 병은 네가 고칠 수 없다고 몇 번을 말하였더냐! 이건 선천적인 것이다. 갑자기 생겨난 게 아니란 말이다!"

스웨이츠가 노성을 터뜨렸다. 이제껏 달래듯 퀸을 상대하던 그가 아들의 말에 크게 화를 냈다.

"치료를 하는 사람은 저입니다. 제가 할 수 있다고 하지 않습니까!"

"그러다 너까지 나처럼 되면, 그땐 어찌할 테냐?"

"그럴 일은 절대 없습니다."

"이 세상에 그리 쉽게 단언할 수 있는 건 없다! 네 숙부도 한때는 나를 위해 목숨을 걸고 싸웠던 녀석이다. 그랬던 놈이 지금 어찌 되었느냐?"

"이건 경우가 다릅니다. 저는……."

"대체 어느 아비가 아들의 삶을 담보로 제 목숨을 연명하려고 하겠느냐? 게다가 넌 너 하나만의 몸이 아니지 않으냐. 만일 네가 잘못되면 이 나라를 장차 누가 이끈단 말이냐? 또 네 누이들은 누가 돌보고!"

아들의 기이한 치료 능력은 인어국에서도 몇몇만이 아는 비밀이었다. 남의 상처를 제 몸으로 가져와 자가 치료하는 이능. 인어국 역사상 이런 치료 능력을 가졌던 인물은 없었다.

퀸이 첫 이능을 발휘했던 건 동생인 샤를리즈가 막 한 살이 됐을 무렵이었다. 어느 날 원인 모를 고열로 쓰러진 녀석이 며칠을 끙끙 앓던 그때, 별안간 퀸이 그런 동생에게로 아장아장 걸어가 손을 뻗었다.

의원들도 고개를 내저을 정도로 심각했던 병이 그 순간 거짓말처럼 싹 사라지며 샤를리즈는 편안히 잠들었다.

반면 퀸은 그대로 기절하더니, 무려 열흘 동안이나 일어나지 못했다. 고열이 들끓을 때마다 발작하며 울어 대던 어린 아들의 모습만 떠올리면 스웨이츠는 지금도 심장이 철렁했다.

당시 만약 녀석이 깨어나지 못하고 그대로 잘못되었더라면, 그 역시 지금껏 멀쩡히 살아 있지 못할 터였다.

"앞으로도 그에 대해선 입도 벙긋하지 말거라. 알겠느냐?"

기실 바울과 친구들은 퀸에게 엄청난 치료 능력이 있음에도 어째서 아버지께서 여태 병환이 있으신지 의아했었다. 그리고 이제야 비로소 그 이유를 알았다.

퀸의 아버지는 그 나름대로 최선을 다해 아들을 지키고 계셨던 것이다.

"…참으로 이기적이십니다."

퀸은 새삼스러운 허탈감에 힘이 쭉 빠졌다. 아버지가 치료를 거부하는 게 처음 있는 일도 아니거늘, 오늘따라 평소보다 더한 분노가 그를 사로잡았다.

바쉐론 일당을 모두 처리했다. 지금은 옥에 갇힌 상태이지만, 곧 참형에 처할 예정이었다.

물의 정령왕도 탄생했고, 퀸의 비범한 능력 역시 온 바다에 널리 퍼졌다. 이제 감히 아버지의 앞길을 막을 자는 없을 거란 뜻이다.

바라고 또 바라 왔던 그런 날이 드디어 눈앞으로 다가왔건만, 제 아비만큼은 변한 것이 없었다. 여전히 그는 자신밖에 몰랐다.

"제가 잘못될까 봐 두렵다 하셨습니까? 제가 아버지처럼 병자가 될까 봐 겁이 나신다고요?"

퀸은 애써 진정하려는 듯 잠시 숨을 골랐다.

"아니요. 아버지는 하나만 알고 둘은 모르십니다."

"그에 관해선 더 거론하지 말라 일렀다. 어차피 네가 무어라 하든 결정에 번복은 없다."

"저는요?"

"……?"

"그리고 샤를과 달리아는요."

뜬금없이 동생들을 거론하는 아들의 발언에 스웨이츠의 미간이 좁아 들었다.

"자식들 생각은 안 하십니까? 아버지께서 이대로 돌아가시면 남은 저희는 천애 고아가 됩니다. 그런 아들딸들이 불쌍하지도 않으십니까?"

"…신하들이 있지 않으냐. 여기 가렛도 성심을 다해 널 보필할 것이다."

스웨이츠가 제 옆에 시립한 사내를 가리키며 걱정하지 말라는 투로 말하자 결국 퀸이 분통을 터뜨렸다.

"제가 바라는 건 그들이 아니라, 아버지가 곁에 계시는 겁니다! 살아서 자식들이 커 가는 모습을 오래오래 지켜보시라 그 말씀입니다!"

퀸은 정말이지 답답해서 돌아 버릴 것만 같았다.

"그게 그렇게 어려우십니까? 남은 세월이라도 제대로 된 아버지 노릇 좀 해 달라고 애원하고 있지 않습니까! 왜, 이리 구는 제가 귀찮고 성가시기라도 한 모양이지요?"

"퀸, 무슨 말을 그리하느냐? 이 아비는 단 한 번도 너를 그런 식으로 생각해 본 적 없다! 너도 알고 있지 않으냐!"

"한데 왜 치료를 거부하십니까? 제가 자신 있다고 하질 않습니까!"

"같은 말을 여러 번 하게 하지 말거라! 이 아비는 불확실한 미래에 자식의 인생을 걸고 도박을 할 순 없다."

퀸은 자신과 달리 강인하게 태어났다. 왕세자 자리에 이보다 더 적합한 인재가 있을까 싶을 정도로 머리 또한 영민한 녀석이었다.

장차 인어국의 부흥에 앞장서게 될 녀석을, 이 몸 하나 조금 더 살아 보겠다고 위험에 처하게 할 수는 없었다.

어차피 남은 날도 얼마 되지 않는다. 물의 정령왕의 탄생으로 잠깐 힘이 났을 뿐, 사실 이전의 자신이라면 지금 이 자리에 이렇게 있는 것 자체가 불가능했다.

부자간의 입장 차이는 시간이 지나도 전혀 좁혀지지 않았다. 아니, 오히려 가면 갈수록 분위기만 더욱 험악해졌다.

부자는 마치 누가 이기나 눈싸움이라도 하듯 한동안 서로에게서 시선을 거두지 않았다.

"저기……."

여태 잠자코 있던 바율이 입을 연 것은 그때였다.

"제삼자인 제가 끼어드는 것이 실례인 줄은 알지만…… 꼭 말씀드리고 싶은 게 있어서요. 퀸도 알아야 할 듯하고요."

갑자기 바율이 나서자 퀸은 물론 친구들도 적잖이 놀랐다. 평소 녀석의 성격과는 거리가 먼 행동이었기 때문이다.

하지만 다른 한편으론 이노센트에게 퀸의 아버지의 치료를 부탁하려는 건가 싶은 생각도 들었다.

조금 전, 달리아의 다리가 순식간에 다시 두 개가 된 장면을 목격하고 온 그들이었다. 그런 기적을 보여 주었던 이노센트라면 퀸의 아버지도 분명 쉽게 고칠 수 있으리라.

"퀸, 놀라지 말고 들어."

"…뭔데 그래?"

바율의 진지한 말투에 퀸은 괜한 불안감이 들었다.

아니나 다를까.

"나도 내가 왜 이런 걸 느낄 수 있게 됐는지는 모르겠지만…… 너희 아버지께는 이제 남은 시간이 얼마 없으셔."

"…남은 시간이 얼마 없다니? 그게 무슨 의미야?"

"말 그대로야. 아마…… 지금 여기도 마지막 힘을 짜내서 오신 걸 거야."

퀸은 바율의 말을 선뜻 이해하기가 어려웠다. 방금까지 언성을 높이시며 자신을 꾸짖던 아버지가 아니신가.

한데 난데없이 마지막 힘을 짜내서 오신 거라니?

그 말이 거슬리면서도 퀸은 무슨 뜻인지 바로 파악할 수 없었다.

반면 친구들은 저마다 '헉' 하며 거친 숨을 삼켰다. 퀸의 아버지가 곧 죽음을 앞두고 있다는 뜻임을 단박에 알아차린 것이다.

바율은 차마 퀸을 바라볼 수 없어 단상으로 눈길을 돌렸다. 그러다 역시나 친구들과 비슷한 표정을 한 스웨이츠와 눈빛이 마주쳤다. 그는 마치 눈으로 '그걸 네가 어떻게 알았냐' 고 묻는 듯했다.

"앞서 말씀드렸다시피 저도 갑자기 이런 능력이 왜 생겼는지는 모르겠습니다. 그저 전하를 뵌 순간 저절로 느끼게 된 거라서요."

"……."

"전하께서도 스스로의 생이 얼마 남지 않음을 아시는 듯하온데…… 아닙니까?"

바율의 기습적인 질문에 스웨이츠는 미처 답하지 못했다. 하지만 그 태도 자체로 인정하는 것이나 다름없었다.

"……!"

그제야 바율의 말을 제대로 이해한 퀸의 신형이 크게 흔들렸다.

"퀸!"

친구들이 재빨리 부축해서 다행히 쓰러지진 않았지만, 녀석의 얼굴에선 이미 핏기가 사라진 후였다.

"그래서…… 제 치료를 거부하신 겁니까?"

"……."

"곧 죽을 몸이라서 그러신 거냐고요!"

퀸은 어이가 없었다. 화가 끓어오르다 못해 욕이 튀어나올 것만 같았다.

도무지 믿기 힘들었다. 제 아비가 제겐 일언반구도 없이 생을 마감할 준비를 할 거라곤 상상도 하지 못했다.

아무리 친밀한 부자 사이가 아니라지만, 이건 백 번을 생각해도 납득할 수 없는 처사였다.

기실 퀸은 인어국의 사태가 잘 마무리된 이번 기회에 아버지와의 서먹함을 풀고자 마음먹었었다.

겉으로는 늘 싫다, 싫다 했지만, 그래도 제게는 하나뿐인 아버지였다. 결코 놓을 수 없는 애증의 존재였다.

도대체 지금까지 난 뭘 위해 노력한 거지.

별안간 미칠 듯한 노기와 함께 후회가 물밀 듯이 몰려들었다.

아버지께서 한사코 싫다 하셨어도 치료를 했어야만 했다.

어떡해서든 그랬어야만 했는데.

쓰라린 죄책감이 퀸을 집어삼켰다.

“퀸, 이상한 생각 하지 말거라. 이 아비는 괜찮다.”

“……”

“수명이란 원래 제각각인 법. 게다가 이 정도면 나도 꽤 버틴 셈이다. 남은 생에 더 이상의 미련은 없다.”

“…그러면 된 겁니까? 아버지만 만족하시면 끝난 거예요? 샤를과 달리아에겐 아직 아버지가 필요합니다. 저 역시 마찬가지이고요!”

퀸이 친구들의 손길을 뿌리치며 악을 쓰듯 외쳤다.

“대체 아버지는 매사 왜 그러시는 겁니까? 그렇게 어머니 곁으로 빨리 돌아가고 싶으세요? 저와 동생들은 안중에도 없으신 겁니까?”

“자꾸 같은 소릴 하는구나. 그럴 리 없다는 건 퀸, 네가 더 잘 알지 않느냐.”

“아니요. 전 모르겠습니다. 저라면, 무슨 수를 써서라도 자식들 곁에 남기 위해 애썼을 겁니다!"

"나라고 그러고 싶지 않았겠느냐? 나 또한 가능하기만 하다면 그러고 싶다! 퀸 네가 인어국의 왕이 되어 나라를 다스리는 모습도 보고 싶고, 샤를과 달리아가 단란하게 가정을 꾸리는 것도 그 누구보다 간절하게 보고 싶다! 하지만 그럴 수가 없는 걸 어떡하느냔 말이다!"

아들의 끈질긴 고집에 스웨이츠도 더는 참지 못하고 그간 숨겨 온 속내를 내보였다. 그러면서 그는 다시 한번 제 타고난 몸뚱이를 원망했다. 동생이 가진 힘의 반, 아니 그 반의반이라도 있었다면 얼마나 좋았을까 수없이 생각했었다.

하나 그는 그렇게 태어나지 못했다. 신은 그에게 고귀한 신분을 내려 줬지만, 그에 어울리는 능력과 수명은 주지 않았다.

그런 그가 남겨질 이들에게 해 줄 수 있는 일이라곤 자신이 떠나고 난 뒤 조금이나마 덜 아파했으면 하는 바람뿐이었다.

하여 가급적 티 내지 않고 조용히 지내다 가려 했다. 그게 이런 식으로 밝혀질 거라곤 꿈에도 모른 채.

"그러니 제발 제가 치료하게 해 주십시오! 제가 고칠 수 있다지 않습니까! 한 번만 좀 믿어 주십시오!"

퀸은 이제 울부짖고 있었다. 아버지를 설득하기 위해 무릎이라도 꿇을 기세였다.

그토록 미워하고 원망했지만, 이대로 아버지를 잃을 순 없었다. 어머니가 돌아가셨던 날이 그의 기억엔 아직도 선명했다. 또다시 그런 악몽을 겪고 싶지는 않았다.

"그것만은 안 된다. 절대."

하지만 스웨이츠는 확고부동했다. 부실한 몸 때문에 왕임에도 왕답게 살지 못했다. 그런 삶을 아들인 퀸에게까지 물려줄 순 없었다.

"제가 하겠습니다."

구원과도 같은 바율의 음성이 퀸의 귓가에 들려온 건 그 순간이었다. 그리고 그는 그제야 물의 정령왕이 된 이노센트에게도 치유 능력이 생겼음을 떠올렸다.

늘 자신이 직접 아버지를 치료해야 한다는 강박에 사로잡혀 있던 나머지 아예 생각조차 하지 못했다.

이노센트는 달리아의 없던 다리도 만들어 주었다. 그건 퀸도 할 수 없는 능력이었다.

녀석이 나서 준다면 아버지도 마다하지 않을 터.

퀸은 바율의 어깨를 황급히 붙잡으며 애원했다.

"바율, 부탁할게. 제발 우리 아버지 좀 살려 줘……."

"퀸……."

"너라면 할 수 있는 거지? 맞지?"

불안하게 떨리는 퀸의 두 눈은 어느새 물기로 가득했다. 잔뜩 겁에 질린 얼굴은 애처로워서 봐 줄 수가 없을 지경이었다.

누구든 그러하리라.

아버지가 곧 돌아가실 거란 사실을 알고도 제정신일 수 있는 자식은 거의 없었다.

방울방울 맺혀 있던 눈물이 어느 순간을 기점으로 흐르기 시작하더니 이내 홍수처럼 쏟아져 내렸다. 그에 바율과 친구들도 덩달아 눈물이 핑 돌았다.

평소 눈물을 잘 보이지도 않던 녀석이 어찌나 서럽게 울어 대는지, 계속 보고 있기가 힘들 정도였다.

"그래, 퀸. 그러니까 울지 마."

바율은 소맷자락으로 퀸의 젖은 두 뺨을 닦아 주었다. 그간 녀석이 했을 마음고생이 떠올라 기분이 착잡했다.

"이노센트."

망설일 틈이 없었다. 바율은 지체하지 않고 서둘러 이노센트를 불렀다.

파핫!

순식간에 일행의 눈앞에 이노센트와 토파즈가 모습을 드러냈다.

"바율, 왜?"

토파즈의 '전하' 소리에 거의 중독되어 가던 중이었다. 이노센트가 매우 기분 좋은 얼굴로 실내를 돌아보며 바율에게 물었다.

"어라?"

그러던 녀석이 돌연 스웨이츠를 향해 몸을 획 틀었다. 처음 보는 정령의 모습에 조금 전 상황도 잊고 멍한 표정을 짓고 있던 그는 흠칫 놀라며 뒤로 몸을 물렸다.

그걸 아는지 모르는지 이노센트가 스웨이츠에게로 스읔 날아갔다. 그러곤 신기하다는 듯 이리저리 살펴보더니 대뜸 말했다.

"이상한 아저씨네. 어떻게 살아 있지?"

"이노센트! 무슨 말이 그래."

바율은 이노센트의 돌발 발언에 제가 더 식겁했다. 원체 어디로 튈지 모르는 녀석이긴 해도, 다짜고짜 그런 말을 할 거라곤 예상하지 못했다.

"왜? 나는 그냥 보이는 대로 말한 건데."

"그래도 사람 면전에서 그러면 못 써. 얼른 사과드려!"

그러잖아도 불안감 때문에 안절부절못하던 퀸이었다.

"이노센트, 방금 그거 무슨 뜻이야?"

역시나 그가 이노센트를 보며 다급히 물었다.

"뭐야, 퀸! 울었어?"

새로 생긴 부하와 노느라 정신이 완전히 빠져 있던 이노센트는 그제야 퀸의 몰골을 발견했다. 녀석이 놀라서는 한달음에 퀸에게로 날아갔다.

"무슨 일 있었어? 예전의 그놈이 또 속 썩여? 아니면, 그년?"

'그놈' 이라 함은 바쉐론을 말함이었다. '그년' 은 아마 자벳일 것이고.

"내가 가서 혼내 줄게! 지금 그것들 어디 있어? 앙?"

"이노센트."

바율은 일단 상황 정리가 필요하다 여겼다. 퀸에게 잠시만 기다려 달란 눈빛을 서둘러 보내곤 이노센트에게 제 쪽으로 오라 손짓했다.

"이미 짐작하고 계시겠지만, 물의 정령인 이노센트라고 합니다. 이젠 정령왕이지요. 부엉이를 닮은 이쪽은 물의 상급 정령입니다."

정령들을 처음 마주하는 스웨이츠를 배려해 바율은 우선 소개부터 했다. 많이 놀랐는지 그는 대답할 생각도 하지 못한 채 고개만 끄덕였다.

"이노센트, 인사해. 인어국의 왕이셔."

"왕? 나랑 같은?"

"응. 그리고 퀸의 아버지이시기도 해."

정령왕이 되고 '왕' 이라는 단어에 부쩍 예민해진 이노센트였다. 스웨이츠를 향한 녀석의 눈이 대번에 호감으로 번뜩였다. 퀸의 아버지라고 하니 더 그런 것 같기도 했다.

"그래서 말인데, 이노센트."

"응."

"달리아처럼 퀸의 아버지도 낫게 해 줄 수 있을까?"

"달리아처럼?"

달리아는 이제껏 보지 못했던 순수한 물의 기운을 가진 아이였다. 그녀를 보고 있으면 이노센트는 저절로 기분이 좋아졌다.

그래서 마음이 동해 자신도 모르게 힘을 쓰게 된 건데, 저 아저씨는 좀…… 그랬다.

순수한 기운은커녕, 원기도 거의 남아 있지 않았다. 조금 전 말한 대로, 숨이 붙어 있는 게 신기할 만큼.

"그러면 퀸이 무척 고마워할 거야. 물론 우리도 그렇고."

바율이 옆을 돌아보자 친구들이 약속이라도 한 듯 동시에 고개를 마구 끄덕였다. 그런 녀석들의 눈도 붉게 충혈되어 있었다.

"알았어. 그러지, 뭐."

왕이라는 것 말고는 딱히 마음에 드는 구석은 없었지만, 울고 있는 퀸을 모른 척할 수는 없었다.

게다가 이노센트는 어차피 바율의 부탁을 거절할 수 없었다. 그들이 주종 관계는 아니었지만, 그건 일종의 각인과도 같았다. 바율로 인해 태어나고 성장한 이노센트는 그가 바라는 건 다 해 주고 싶었다.

"인어 왕 아저씨, 준비됐어요?"

"잠시! 잠깐만!"

황망해하던 스웨이츠는 어느 순간 정신이 번쩍 들었다. 물의 정령왕이 자신을 치료해 줄 거라는 대화도 대화지만, 그 이전에 달리아가 나았다는 말에서부터였다.

"내 딸이…… 그러니까 달리아가 나았다는 게 정확히 무슨 뜻이지?"

그는 급한 마음에 자리에서 벌떡 일어서기까지 했다.

"이노센트에겐 치유 능력이 있습니다. 퀸처럼 자기에게 고통을 가져와서 낫게 하는 것이 아니니 염려하실 필요도 없습니다."

"그, 그럼……!"

"네, 달리아에게 꼬리가 생겼습니다. 멀쩡하고 튼튼하기까지 한 꼬리가요."

도무지 믿지 못할 꿈같은 이야기였다.

제 막내딸에게 다시 꼬리가 생겼다니!

스웨이츠는 감격에 벅차 무어라 말도 잇지 못했다. 하나 그것도 잠시.

"전하!"

"아버지!"

이내 다리에서 힘이 풀린 듯, 그가 그대로 바닥으로 주저앉았다.

다행히 막 지면에 닿기 직전 가렛이 재빠르게 부축해 충격은 면했지만, 안색이 영 좋지 못했다.

"이노센트, 부탁할게!"

퀸은 마음이 급했다. 어떻게 살아 있는 거냐는 이노센트의 첫 말이 아직도 찜찜했다.

아무리 정령왕이라도 죽은 자를 살려 내지는 못할 것이다. 그러니 아버지가 잘못되시기 전에 얼른 고쳐야만 했다.

이노센트가 저를 바라보자 바율이 눈을 한 번 지그시 감았다 떴다. 허락의 표시였다. 그에 녀석이 순식간에 스웨이츠의 머리 위로 날아올랐다.

실내가 달리아를 치료할 때처럼 금세 투명한 물방울로 가득 찼다. 그것은 곧 스웨이츠를 향해 돌진하더니, 그의 전신 곳곳으로 빠르게 스며들었다.

이 모든 일은 아주 찰나 간에 벌어졌다.

"……!"

스웨이츠는 제 몸의 변화를 바로 알아차렸다. 모를 수가 없었다. 평생 살면서 지금 같은 가뿐함을 느껴 본 적이 없었기 때문이다.

본인의 육신이 아닌 것만 같았다.

내부에서 끓어오르는 이 에너지가 대체 무엇인지는 몰라도, 늘 무거웠던 머리가 상쾌했다. 어디 그뿐인가. 뿌옇던 시야도 확 트였다.

무엇보다 가장 놀라운 건 바다의 내음이었다. 청량하고도 시원한 대양의 기운이 그에게로 고스란히 전달되었다.

"퀸……."

"네, 아버지!"

나지막한 부름에 퀸은 혹시 뭔가 잘못되었나 싶었다. 물론 이노센트에 대한 그의 신뢰는 절대적이었지만, 그래도 상대는 하나뿐인 아버지였다.

여전히 바닥에서 일어서지 못하고 계시는 부친의 모습은 퀸으로 하여금 '만약'이란 생각을 절로 들게 하였다.

그러나 스웨이츠는 그저 당황하고 있을 뿐이었다.

내부에서는 분명 엄청난 기운이 용솟음쳤으나, 너무나 낯선 느낌에 선뜻 몸이 움직여지지가 않았다. 꿈인지 현실인지 분간조차 안 갔다.

퀸이 조금만 정신적으로 여유가 있었더라면 그 힘을 충분히 읽고도 남았겠지만, 그 역시 온전하지 못한 상태였기에 벌어진 웃지 못할 상황이었다.

"아버지!"

그때, 예고도 없이 벌컥 문이 열리며 샤를리즈와 달리아가 안으로 뛰어 들어왔다. 제 상태를 가늠하기 위해 한껏 애를 쓰고 있던 스웨이츠는 그 순간 또 한 번 멍해졌다. 달리아가 아무에게도 부축받지 않은 채, 홀로 제 발로 뛰어 들어오는 모습을 본 탓이었다.

녀석에게 꼬리가 생겼다는 말을 이미 듣긴 했으나, 실제로 보는 것과는 감히 그 감정을 비교조차 할 수 없었다.

"달리아……."

"아빠!"

의자도 아닌 바닥에 있는 아버지를 발견하고 두 자매는 아버지가 또 쓰러지신 건 아닌가 걱정했다. 그러나 그런 아버지와 오빠를 뺀 모두가 미소 짓고 있었다. 마치 너무나 잘 되었다는 듯이.

어찌 된 일인지 추측하는 건 어렵지 않았다. 이노센트의 치유 능력을 먼저 경험한 바가 있는 그들은 물의 정령왕인 그녀가 자신들의 아버지도 낫게 했음을 바로 깨달았다.

"감사합니다! 정말 감사합니다!"

공중에서 환하게 웃고 있는 이노센트를 향해 샤를리즈는 연신 고맙단 말을 외쳤고, 달리아는 울음을 터뜨리며 아버지의 품에 안겼다.

"이럴 수가……."

딸의 다리를 어루만지는 스웨이츠의 손이 벌벌 떨렸다.

인어에겐 생명과도 같은 꼬리를 제 숙부에게 잘렸다. 자식을 제대로 지켜 내지 못했다는 죄책감은 지금까지도 그에게 큰 부채감으로 남아 있었다.

당시 스웨이츠는 그곳에 없었지만, 전해 듣기로 아내는 스스로 생을 포기하는 것으로 딸 둘을 보호했다.

미쳐 버린 제 동생이 자식만 없으면 로젠이 제게로 돌아오리라고 착각하고 벌였던 참극이었다.

하나 도리어 로젠은 자신만 죽으면 이 모든 사태가 종결될 거라고 생각했다. 그녀의 죽음으로 바쉐론이 더욱 미쳐 날뛰긴 했지만, 로젠이 죽는 순간 마지막으로 남긴 유언 탓인지 딸들에게 더는 해코지를 하진 않았다.

이후 바쉐론이 아들인 퀸에게 유독 관심을 갖게 된 것은, 어찌 보면 그날 사고 장소에 녀석이 없었기 때문인지도 몰랐다.

"아버지, 저 꼬리가 생겼어요! 저도 이제 혼자서 헤엄칠 수 있어요!"

그래서였을까. 아무도 그리 말하지 않았지만, 달리아는 제 어미가 자기 때문에 죽었다고 여기곤 했다. 나이는 어려도 속이 깊은 녀석은 그로 인해 더욱 자신을 감추고 살았다.

그런 딸에게 꼬리가 생긴 것이다.

"그래, 달리아!"

스웨이츠가 막내딸을 힘껏 껴안았다. 그제야 비로소 이 모든 게 현실이란 자각이 들었다. 먼저 떠난 아내가 생각나 감정이 북받쳤다. 뜨거운 눈물이 하염없이 솟구쳤다.

"오빠."

샤를리즈는 글썽글썽해진 눈으로 퀸에게 다가갔다. 동생에 이어 아버지까지 병이 나았으니 그녀가 평생 원하던 바가 다 이루어졌다.

퀸은 애써 울지 않으려 노력하며 동생의 손을 꼭 잡았다. 그러던 그의 눈길이 불현듯 이노센트에게로 옮겨 갔다.

"이노센트."

"응?"

자신이 얼마나 대단한 일을 해냈는지 알지 못하는 양, 녀석은 언제나처럼 천진한 눈망울이었다.

"고마워. 아니, 고맙단 말로도 부족해. 넌 내 평생의 은인이야."

"은인? 그게 뭔데?"

처음 듣는 단어에 이노센트가 고개를 갸웃하자 퀸은 기꺼운 마음으로 설명했다.

"내가 잘해야 할 존재란 의미야."

"아아, 퀸이 나한테 잘할 거라고?"

"응."

"지금도 충분히 그러고 있는데?"

이노센트는 오히려 의아한 표정이었다. 마치 여기서 뭘 얼마나 더 잘할 거냐는 듯.

녀석다운 대꾸에 퀸은 그저 웃고 말았지만, 속은 겉과 조금 달랐다.

항상 소원하고 갈망하던 모든 일이 이루어졌다. 늘 바랐지만, 기실 그런 날이 오기는 올까 의심을 더 많이 했다.

하지만 지금, 그 결과가 눈앞에 펼쳐져 있었다.

대양의 눈을 찾고 말겠다는 의지 하나로 인간 세상으로 무작정 유학을 떠났던 당시엔 그야말로 앞날이 깜깜했었다.

만일 자신이 그때 대신들의 반대에 수긍하고 인어국에 머물렀다면 어떻게 되었을까?

그랬을 미래를 상상하자 절로 오금이 저렸다.

"퀸, 축하해."

"정말 잘 됐어."

"그래, 이 자식아. 이제 아버지랑 그만 좀 싸워라."

"너 하극상이 너무 심한 거 아니니?"

"다 잘 풀려서 다행이다."

바율과 친구들이 일순간 상념에 빠졌던 퀸의 어깨를 툭 치며 저마다 한마디씩 했다. 그들 모두 진심으로 기뻐하고 있었다.

"고마워. 다 너희들 덕분이야."

"그 인사라면 아까 한 거 같은데."

"해도 해도 모자라니까."

"뭐, 알면 됐다."

일라이가 어깨를 으쓱거리자 퀸이 그런 녀석을 지그시 응시하며 재차 강조했다.

"라이, 네 공이 커. 애초에 너 아니었으면 시작도 못 했을 거야."

"그건 그렇지. 내가 아니면 그걸 누가 회수해?"

"인어국에 머무는 동안 뭔가 필요하거나, 하고 싶은 게 있으면 편하게 말해. 다 들어줄게."

"진짜?"

"당연하지."

"그럼 얼른 돌아가자."

"…뭐?"

"여기 너무 추워서 더는 못 견디겠어."

"나도 찬성."

뜬금없이 귀환을 독촉하는 일라이의 뒤에서 데스가 손을 들더니 격한 공감을 표했다. 물론 이유는 조금 달랐지만.

"돌아가면 리타가 삼시 세끼 고기반찬 해 준다고 했거든. 그러니까 일 끝났으면 빨랑 가자. 난 지금 한시가 급해."

평생을 병마와 싸우던 이와 없던 꼬리가 생긴 부녀의 감동적인 상봉 앞에서 몹시도 분위기 깨는 말이 아닐 수 없었다.

하나 참으로 그들다운 말투와 행동에 친구들은 결국 웃음이 터져 버렸다.

# Chapter 3.
# 친구의 진심

# 1.

온 바다가 축제 분위기였다. 물의 정령왕의 탄생을 시작으로 경사가 연이어 일어났기 때문이다. 개중 가장 기쁜 소식은 국왕인 스웨이츠의 건강이 회복되었다는 것이었다.

동생의 그늘에 가려져 제대로 뜻을 펼쳐 보지 못했던 불행한 왕.

사실 바쉐론이 무력으로 인어국을 장악하기 전까지 그는 어진 임금으로 불리었다. 몸이 약한 게 흠이긴 했지만, 그래도 진정으로 나라를 생각하고 위하는 바른 정치를 펼쳤었다.

역적의 무리에 가담하지 않은 자 중에선 아직도 그때를

기억하는 이들이 많았다. 그들은 성군이 돌아왔다며 무척이나 반가워했다. 든든한 왕세자까지 뒤를 받치고 있으니 앞으로 나라가 번영할 일만 남았다는 둥 다들 입을 모아 왕실을 칭송했다.

그러한 가운데 대대적인 숙청이 진행되었다. 감히 왕손을 해하려 하고, 나라를 삼키려 한 역도의 몰락을 구경하기 위해 인어들이 몰려들었다.

처형 장소는 해저 왕성의 입구에 위치한 거대한 광장이었다. 금번 역모 사건에 가담한 죄인 모두는 그곳에서 많은 이들의 따가운 눈총 아래 참형에 처해졌다.

제일 먼저 꼬리를 잘리고, 이어 팔다리, 끝으로 목을 베였다.

무려 수백 명의 처형식이 이뤄지는 동안, 스웨이츠와 퀸은 꼿꼿이 자리를 지키고 앉아 죄수들에게서 시선을 거두지 않았다.

끝없이 흘러나오는 핏물 탓에 바다가 일시적으로 혼탁해졌지만, 그 덕에 험한 꼴이 조금이나마 가려졌다는 게 다행이라면 다행이었다.

보아서 하등 좋을 게 없는 광경인지라 바율과 친구들은 부러 참석하지 않았다. 일행은 내일이면 제국으로 돌아갈 것이기에 샤를리즈와 달리아를 대동한 채 인어국을 탐방

중이었다.

「북방위주.」

「네, 왕세자 저하.」

퀸의 부름에 그의 곁에 서 있던 세비르가 고개를 조아리며 대답했다.

「숙부를 포함해서 이번 사태를 벌인 주동자의 시체들을 전부 수거해 광장의 한복판에 진열하세요. 지나는 모든 이들이 보고 또 볼 수 있도록.」

「그러하겠습니다.」

「반드시 얼굴을 알아볼 수 있게끔 해야 합니다.」

목이 잘린 시체를 매달아 놓는 것만큼 끔찍한 형벌은 없으리라. 하나 퀸은 이 절차가 가장 중요하다고 강조했다.

「분명 숙부의 죽음을 받아들이지 못하는 이들이 있을 겁니다. 그만큼 그는 강했으니까요.」

기실 그건 퀸에게도 해당하는 이야기였다. 그는 제 숙부의 죽음을 직접 지켜보았으면서도 현실을 믿기 어려웠다.

인어국은 오랫동안 바쉐론이란 폭군에 길들었다. 퀸은 그의 잔재를 떨쳐 내기 위해선 이보다 더 자극적인 행동이라도 얼마든지 할 각오가 되어 있었다.

「굳이 날 이해시키고자 하나하나 설명할 필요 없다. 처음 녀석에 대한 암살 명령을 내리던 날, 혈육의 정도 끊어

냈으니.」

「…아버지께서 들으시라고 한 말이 아닙니다.」

「내가 널 모르느냐?」

제겐 눈길조차 주지 않고 정면만 응시하는 아들이었다. 그런 퀸의 옆모습을 스웨이츠가 따뜻한 눈빛으로 바라보았다.

그간 소원했던 부자 관계가 이노센트의 활약으로 조금 나아지긴 했다만, 그래도 오랜 시간 마음을 터놓고 대화를 나누지 못했던 탓인지 여전히 조금은 어색하고 서먹했다.

「행여 이 아비가 네 숙부의 죽음에 아파할까 봐 신경 쓰고 있는 거 다 알고 있다.」

「아닙니다.」

「샤를과 달리아를 애지중지 여기는 너이니 더욱 그럴 테지. 어릴 적부터 가족에 대한 마음이 남다르지 않았더냐.」

「그런 게 아니래도요.」

퀸은 또다시 부정했지만, 스웨이츠는 아랑곳하지 않고 계속 말했다.

「나도 처음엔 어떻게든 놈을 되돌려 보려고 노력했었다. 하나 그럴 수 없었지. 그리고 녀석이 내 사람들에게 손을 대는 순간, 더는 동생이라 인정하지 않았다. 하니 마음 쓰지 말거라. 아비 또한 이날을 기다려 왔다.」

씁쓸한 감정이 전혀 없다면 그 역시 거짓이겠지만, 그래도 그보다는 후련함이 컸다.

위명에 걸맞지 않은 허무한 최후였다. 그렇다고 그런 동생에게 새삼 어떤 동정심은 들지 않았다. 그러기에 바쉐론은 이미 너무 많은 죄를 지었기 때문이다.

녀석은 죽어도 싼 놈이었다. 스스로가 자신의 가치를 그렇게 만들었다.

「그보다 세비르와는 이제 화해를 한 것이냐?」

갑작스러운 아버지의 물음에 퀸은 다소 당황한 듯했지만, 이내 아무렇지 않은 척 반문했다.

「화해하고 말 게 있습니까?」

「말하지 않았느냐. 모든 건 자식에게 눈먼 나의 지시였다. 왕의 명을 어찌 거역할 수 있었겠느냐 말이다. 녀석에겐 죄가 없으니 그만 용서하거라. 세비르는 제 나름의 방식으로 널 지켰으니.」

바쉐론의 오른팔로 알려진 북방위주가 실은 국왕의 비밀명령을 이행 중이었다는 얘기는 이미 바다에 널리 퍼진 상태였다.

그의 몸 곳곳을 채우고 있는 상흔들이 실은 전부 바쉐론을 암살하려다 생긴 것들이라는 사실이 알려지면서 대신들을 충격에 빠뜨리기도 하였다.

오해가 풀리던 날, 감옥에서 석방된 세비르는 빼앗겼던 모든 지위와 권한을 되찾았다.

그리고 지금은 제게 행정 업무 외의 그 어떤 말도 걸지 않는 옛 친구이자 왕세자인 퀸을 수행하고 있었다.

「제 일은 제가 알아서 합니다.」

그러니 아버지께선 참견하지 마십시오.

단번에 선을 그어 버리는 퀸의 말투는 차갑지 그지없었다. 그러나 스웨이츠는 그 이면에 자리한 아들의 다른 감정을 어렵지 않게 알아차렸다.

누굴 닮아 저리도 서투를까.

살갑기는커녕 마주할 때마다 매상 까칠하게만 굴던 녀석이었다. 그런 퀸이 저를 치료하겠다고 울부짖는 모습을 보았을 때, 스웨이츠는 깨달았다.

제 아들이 생각보다 속이 깊고, 그만큼 내면이 곪아 터져가고 있었음을.

아무리 몸이 아팠다 한들, 그래도 좀 더 감싸 안아 키웠어야 했는데. 그러지 못했다는 자책감이 그를 괴롭게 했다.

그래서 늦었지만 이제라도 자신이 먼저 아들에게 더 다가가기 위해 애쓰기로 마음먹었다.

「하면 오늘 송별 파티에 북방위주도 초대할 게냐?」

「…송별 파티요?」

퀸은 내일 친구들과 같이 제국으로 떠날 예정이었다. 해서 왕성에서 측근들을 불러 모아 가벼운 식사 자리를 갖기로 하였는데, 그게 어느새 송별 파티로 둔갑한 모양이었다.

「이번에 가면 겨울 방학이나 돼서야 돌아올 것 아니야. 고마운 이들이니 섭섭지 않게 준비하라 일렀다.」

「안 그러셔도 되는데요.」

자신 역시 친구들이 고마운 건 사실이지만, 녀석들은 그런 인사치레를 좋아하는 성향이 아니었다. 오히려 사람이 많으면 불편해하는 쪽이지.

물론 주목의 대상이 되는 걸 즐기는 일라이는 예외였다. 인어국이 춥다며 한시바삐 돌아가자 말하긴 했지만, 정작 파티가 시작되면 누구보다 열성적으로 춤바람에 빠져들게 뻔했다.

「이 정도는 받아 주거라. 이 아비가 자식과 은인을 위해 해 줄 수 있는 게 이런 것뿐이니 어쩌겠느냐.」

돈도 명예도 이미 충분했다. 그런 상대에게 제공할 만한 건 그리 많지 않았다. 그저 평생을 국빈으로 모시겠다는 뜻을 전하는 게 최선이었다.

「그래도 참석 인원을 최소화하라 명했으니 그리 번잡하지는 않을 게다.」

「알겠습니다. 하는 수 없지요, 뭐.」

귀찮게 되었지만 아버지의 명이니 따를 수밖에 없다는 듯 퀸은 불퉁한 표정으로 대꾸했다.

「그럼 저 먼저 가 보겠습니다. 친구들이 곧 돌아올 시간이라서요.」

처형식도 거의 마무리가 되었다. 굳이 끝까지 자리를 지킬 필요가 없다고 여긴 퀸은 몸을 일으키며 아버지께 인사했다.

「북방위주는 일을 마저 끝내고 오세요.」

세비르가 바로 따라나서려고 하자 퀸이 단호하게 저지했다. 그에 내내 무감정하던 세비르의 미간에 작은 균열이 일었다.

하지만 그것은 아주 찰나였고, 그의 얼굴은 금세 이전으로 돌아갔다.

'서툴기는 이 녀석도 마찬가지구나.'

친형제보다 가깝게 지내던 둘을 이렇게 만든 건 스웨이츠 본인이었다. 과연 녀석들이 예전처럼 돌아갈 수는 있을까 싶은 불안감이 뒤늦게 들었다.

지금이야 퀸에게 좋은 친구들이 생기긴 했다만, 이전에 녀석에겐 오직 세비르뿐이었다. 그리고 세비르에게는 예나 지금이나 친구라곤 여전히 퀸뿐이라는 사실이 문제라면 문제였다.

'내가 아들을 구하고자 하는 욕심에, 저 아이들의 관계를 망쳤다.'

퀸에게도, 세비르에게도 스웨이츠는 그저 미안하기만 했다. 그는 안타까운 심정으로 둘을 지켜보았다.

「…….」

외부와 내부를 나누는 물 벽을 헤치고 지상으로 헤엄쳐 올라가려던 퀸이 직전에 잠시 멈춰 섰다. 의아한 그 행동에 스웨이츠와 세비르가 고개를 갸웃할 때, 돌연 녀석이 등을 보인 채 입을 열었다.

「세비르.」

「…예, 왕세자 저하.」

줄곧 자신을 북방위주라고만 칭하던 퀸이었기에 세비르는 내심 놀라며 서둘러 응답했다.

「너도 참석해.」

「…예?」

「송별 파티에 참석하라고.」

「아…… 예…….」

전혀 예상하지 못한 발언이었기 때문일까.

세비르는 두 눈을 슴벅거리며 멍하니 퀸의 뒷모습만 쳐다보았다. 퀸의 말속에 담긴 참뜻을 이해하지 못한 얼굴이었다.

「왕세자가 아닌 친구로서 초대하는 거야. 그러니 호칭 똑바로 해.」

「…….」

「오기 싫으면 말고.」

「아, 아닙니다! 그런 거 절대!」

퀸의 빠른 태세 전환에 세비르가 다급히 소리쳤다. 행여 다시 오지 말라 할까 싶어 겁이라도 난 모양새였다.

「가겠습니다! 무조건 갈 겁니다!」

「근데, 네가 언제부터 나한테 존댓말 했었어?」

뒤돌아 있는 상태라 세비르는 퀸의 표정을 볼 수 없었지만, 그의 말투만큼은 분명 부드럽게 변해 있었다.

「하오나…….」

「나는 분명 말했다. 친구로서 초대하는 거라고.」

더는 할 말 없다는 듯 퀸은 그대로 물 벽을 건너 바닷속으로 뛰어들었다. 공기로 채워진 내부에서 벗어나자 그의 다리가 곧장 꼬리로 변했다. 그는 망설임 없이 힘차게 위를 향해 나아갔다.

「…….」

그 장면을 마치 넋을 잃은 사람처럼 올려다보며 세비르는 한참을 못 박힌 듯 제자리에 서 있었다. 그러다 어느 순간, 연습이라도 하듯 옛 친구의 이름을 나직이 불러보았다.

「퀸…….」

스웨이츠가 그런 저를 흐뭇하게 바라보고 있는지도 모른 채, 그렇게 몇 번이고 홀로 조용히 되뇌었다.

## 2.

"히야! 내가 사파이어가 박힌 찻잔을 보고 설마설마하긴 했다만, 진짜로 해초로 만든 케이크가 있을 줄이야. 놀랍다, 놀라워!"

인어국 지상 왕성에서 퀸과 친구들을 위한 송별 파티가 개최되었다. 온종일 해저 왕궁을 쏘다니느라 배가 고팠던 일행은 파티장 한편에 마련된 음식들을 해치우는 데 여념이 없었다.

"그런데, 이 케이크는 원래 새해에 먹는 거라고 하지 않았었나?"

"생긴 모양은 좀 파격적인데, 의외로 맛있다."

"나도 방금 막 그런 생각을 하던 중이야."

라나사의 의견에 동감을 표시하며 에이단이 손가락으로 케이크를 콕 찍어 잉그리드에게로 가져갔다.

"삐욕!"

그러자 방금까지 에이단의 정수리에서 꾸벅꾸벅 졸고 있던 잉그리드가 눈을 번쩍 뜨더니 허겁지겁 케이크를 먹기 시작했다. 녀석도 제법 허기가 졌던 모양이었다.

"귀여워……."

그 광경을 고스란히 지켜보고 있던 달리아가 '어떡해, 어떡해'를 연발하며 두 발을 동동 굴렀다. 인어국을 함께 탐방하는 동안 줄곧 보았던 모습이기에 별로 새삼스럽지는 않았다.

달리아는 여전히 수줍음을 많이 탔지만, 이젠 종종 지금처럼 제 감정을 솔직하게 드러내 보이기도 했다.

"해초 케이크가 신년을 기념하는 대표적인 음식이긴 하지만, 꼭 새해가 아니더라도 중요한 손님께는 이걸 대접한답니다."

바쁜 퀸을 대신해서 인어국의 안내를 자처했던 샤를리즈가 미소를 지으며 대꾸했다.

그녀는 오늘 하루 내내 이런 식이었다. 관광 도중 궁금한 것이 생겨 물으면 무엇 하나 막힘없이 설명해 준 덕에, 일행은 더할 나위 없이 유쾌한 시간을 보낼 수 있었다.

"정말? 그럼 우리가 중요한 손님이란 뜻이네?"

"물론이죠. 그냥 중요한 정도가 아니에요. 제게는 세상에서 제일 귀한 분들이십니다."

"에이, 샤를! 우스갯소리 좀 한 건데 너무 진지하게 받아친다. 그러면 내가 무안하지."

라나사가 샤를리즈를 향해 밉지 않게 눈을 흘기며 접시를 쓱 들었다.

"이거나 한 접시 더!"

"네, 언니."

마침 지나가는 시녀에게 샤를리즈가 빈 접시들을 가리키며 눈짓하자 탁자 위가 금세 새 음식들로 가득 찼다. 해초케이크를 제외하고라도 육지에선 좀처럼 맛보기 힘든 다양한 먹거리들이 그들의 눈과 입을 즐겁게 하였다.

"하아, 이제 좀 살 것 같네."

"역시 인간은 배가 든든해야 해."

설정에 충실하기 위한 발언인지 일라이가 인간 운운하며 제 배를 매우 흡족하게 두드렸다.

"난 배부르니까 졸린 것 같아."

특이한 재료 탓에 맛 또한 다소 독특했지만, 그래도 대체적으로 만족스러운 식사였다. 바율이 하품하며 입을 가리자 로건이 염려 섞인 말투로 물었다.

"바율, 피곤해?"

"아니. 그냥 식곤증이지, 뭐."

"그렇다면 다행인데…… 요 며칠 무리하긴 했잖아. 돌아가면 또 특무 대신 일로 바빠질 텐데, 당분간은 좀 쉬는 게 좋겠어."

"무리는 내가 아니라 라이가 했지. 그리고 이노센트 덕에 난 별로 힘들지도 않았어."

바율은 인어국을 떠나기 전, 퀸의 고향인 이곳에 어떻게든 도움을 주고 싶었다. 그래서 틈나는 대로 이노센트와 함께 바다 곳곳을 돌아다니며 정화 작업에 나섰다.

덕택에 인어국은 현재 건국 이래 가장 청결한 상태라고 말해도 과언이 아니었다. 인어들의 건강이 좋아진 사실은 굳이 말할 필요도 없었다.

"정령왕이 되더니 확실히 달라진 것 같긴 하더라. 전에는 몰랐는데, 녀석에게서 심상치 않은 기운이 느껴지더라니까."

"라나사, 그런 게 너도 느껴진다고?"

잉그리드를 쓰다듬고 있던 에이단이 두 눈을 동그랗게 뜨며 라나사를 쳐다보았다.

녀석은 저와 같은 보통의 사람이었다. 한데 자신은 느끼지 못하는 걸 느꼈다고 하니, 왠지 뒤처지는 듯한 기분이 들 수밖에 없었다.

"난 잘 모르겠는데."

"로건! 그치? 모르는 게 당연한 거지?"

적어도 자신 혼자만 처지는 게 아니라고 하니 에이단은 그제야 조금 안심이었다.

"그거야 당연한 거 아니겠냐?"

그때 일라이가 쯧쯧거리며 끼어들었다.

배도 채웠으니 이제 본격적으로 플로어에 나가 춤 실력을 뽐내려던 찰나, 친구들의 무지함이 그의 발목을 잡았다.

"라나사에겐 천사의 날개가 있잖아."

"이게 왜?"

라나사가 제 허리에 차고 있는 검집에 손을 대며 묻자 일라이가 탄식하며 되물었다.

"설마 지금 그 검이 가진 능력을 몰라서 묻는 거냐?"

"알기야 나도 알지. 근데 그게 지금 무슨 상관인 건데?"

"천사의 날개는 태고의 신물 중에서도 무력 방면에 특화되어 있어. 그러니 감각이 예민해질 수밖에. 우리 아빠한테서 받았을 때 이미 느끼지 않았어?"

"그땐 그냥 기분 탓인가 했지. 내 실력이 좋아졌다고 생각하기도 했고. 실제로 그때쯤 오러를 발현할 수 있게 되었으니까. 근데, 당시엔 이노센트의 기운 같은 걸 느끼지 못했는데."

"시간이 흘렀잖아."

일라이가 너는 어떻게 하나만 알고 둘은 모르냐는 듯 가볍게 핀잔을 주곤 천사의 날개를 지목하며 말했다.

"태고의 신물은 점점 너와 동화되어 갈 거야. 라나사, 너도 그에 맞게 성장할 거고."

"…동화되어 간다고?"

"그러니 잡아먹히지 않게 조심해."

놀라서 눈이 커다래지는 라나사에게 겁을 한 사발 더 끼얹고는 일라이가 파티 홀을 둘러보았다.

아직 국왕인 스웨이츠와 왕세자인 퀸은 도착하지 않았지만, 이미 실내는 인어들로 가득했다.

그들끼리는 나름 안 그런 척 노력하는 모양이었지만, 이미 온 신경이 일행을 향한 게 따끔거릴 정도로 느껴졌다.

그래도 차마 쉬이 다가오지는 못하겠던지, 멀리서 살피며 저들끼리 수군거렸다.

"재밌는 분위기네. 그럼 나가 보실까?"

일라이가 만면에 그림 같은 미소를 장착한 뒤 샤를리즈에게 정중히 청했다.

"저와 춤 한번 추시겠습니까, 공주님?"

"그럼요. 저에겐 영광이죠."

샤를리즈는 기꺼이 일라이가 내민 손을 잡고 함께 플로어로 나갔다.

일라이의 춤 실력으로 말할 것 같으면 이미 제국의 황실을 평정했을 만큼 무척 출중한 수준이었다. 한데 그런 녀석에게 샤를리즈도 결코 밀리지 않았다.

능숙하게 이끄는 일라이와 음의 흐름에 맞춰 그런 그를 자연스럽게 따라가는 샤를리즈.

두 선남선녀가 플로어를 누비며 아름다운 광경을 연출하자 모두가 입을 벌린 채 홀린 듯 바라보았다.

"내 이럴 줄 알았지."

곁에서 퀸의 서늘한 음성이 들린 것은 그때였다. 무엇이 못마땅한지 녀석의 눈초리가 까끄름했다. 밀린 일을 처리하고 온다는 게 조금 늦었더니, 어느새 제 동생이 일라이의 마수(?)에 빠져 춤바람이 나 있었다.

"퀸, 이제 와?"

"저녁은 먹었고?"

"응, 대충."

"내일 떠나는 것 때문에 바쁘지?"

"이 정도야 늘 항상 하던 건데, 뭐."

친구들의 다정한 물음에 또박또박 답을 하면서도 퀸의 시선은 일라이와 샤를리즈에게 거의 고정되어 있었다. 굳이 묻지 않아도 녀석의 기분이 썩 좋지 않다는 걸 알 수 있을 정도였다.

"보기 좋구나."

퀸에 이어 스웨이츠도 드디어 홀에 들어섰다. 그의 등장을 알리려는 신하의 움직임을 제지한 보람이 있었다. 스웨이츠는 음악에 맞춰 춤을 추고 있는 일라이와 샤를리즈에게서 눈길을 떼지 못했다. 아들인 퀸과 다른 점이라면 그런 그의 얼굴에는 웃음기가 만연하다는 것이었다.

"일라이라고 하였지?"

"네, 전하."

"저희끼리는 라이라고 부릅니다."

입을 다문 퀸을 대신해서 친구들이 나서자, 스웨이츠가 이번에는 탄성을 내질렀다.

"참으로 잘생겼다! 샤를과 함께 있는 모습이 꼭 그림 같구나."

"그야 저 자식은……."

드래곤이니까요, 라고 퀸은 하마터면 그리 답할 뻔했다. 괜한 혼란을 야기하고 싶지 않아 일라이의 진짜 정체에 대해선 함구했기에 아직 그는 물론 많은 이들이 일라이가 드래곤이라는 사실을 몰랐다.

"춤을 어찌 저리도 잘 추는 게냐? 제국의 아카데미에선 저런 것도 가르치나 보지? 남자인 내가 봐도 숨이 막힐 정도로 어여쁘구나."

샤를리즈와 춤을 추는 일라이의 자태가 퍽 마음에 들었

는지 스웨이츠가 연신 칭찬을 늘어놓았다.

"그렇습니다, 전하. 예절 학습 과목에서 춤을 배우기도 합니다."

"오오, 역시!"

퀸의 낯이 갈수록 어두워져 가고 있음을 아는지 모르는지, 스웨이츠의 감탄은 계속되었다.

"저 아이의 부모님은 무얼 하시는 분들인지 궁금하구나."

"라이의 아버님은 아카데미 이사장님이십니다."

"이사장이라면?"

"쉽게 말해 아카데미의 최고 실권자라고 할 수 있습니다. 또한 뛰어난 마법사이시기도 합니다."

"호오, 마법사라!"

갑자기 시작된 호구 조사의 의미가 무엇인지 친구들은 모르지 않았다. 일라이의 매력에 흠뻑 빠진 퀸의 아버지는 제 딸의 짝으로 녀석이 어떨지 홀로 상상하고 계신 것이다.

스웨이츠의 질문이 이어질수록 퀸의 목울대가 꿈틀거렸다. 그것이 재미있어 바율의 만류에도 불구하고 에이단은 몰래 키득거리며 성실히 답변하고 있었다. 이럴 때가 아니면 언제 퀸을 놀려 보겠냐는 심보였다.

“교육자에 마법사 집안이라. 그래서 저리 훌륭하게 키우신 게로군.”

라에가르가 들었다면 상당히 뿌듯해하고도 남을 법한 발언이었다.

“언제 시간이 되면 내 직접…….”

“아버지.”

두고 보자는 듯 에이단을 노려보던 퀸이 대뜸 아버지의 말을 잘랐다. 더 두었다가는 아예 날짜까지 잡자고 하실 게 분명했기 때문이다.

“이게 최소화하신 겁니까?”

“……?”

“가벼운 식사 자리라 하지 않으셨습니까. 근데 이건 뭐…….”

처음 인어국에 당도했던 날 열렸던 파티에 비교하자면 규모가 작은 편이었지만, 참석한 인어들을 헤아려 보면 결코 가볍다고 할 수만은 없는 숫자였다.

“번잡한 건 싫다고 그리 말씀을 드렸는데요.”

퀸이 실내를 둘러보며 머리를 쓸어 넘겼다. 녀석이 머리를 만진다는 건 꽤 짜증이 났다는 표시이기도 했다.

그 원인이 무엇 때문인지는 모르겠지만, 때마침 스웨이츠의 시야에 알맞은 먹잇감이 들어왔다.

"나도 이 정도인 줄은 몰랐다. 내 틀림없이 적당히 하라 일렀거늘…… 세비르, 이게 어찌 된 게냐?"

「…예?」

파티 준비에는 일절 관여도 하지 않은 세비르였다. 게다가 이제 막 파티장에 들어선 참이었다. 스웨이츠가 그런 제게 왜 이러는지 정녕 모르겠다는 듯 눈알만 뒤룩뒤룩 굴릴 뿐이었다.

세비르의 말문이 막힌 듯하자 스웨이츠는 더욱 강하게 나가기로 했다. 눈치가 전혀 없는 녀석은 아니니 대충 받아 줄 거라 믿었다.

"퀸과 귀빈들을 위하는 너의 마음은 갸륵하다만, 당사자인 녀석이 싫다 하지 않느냐. 내일이면 떠날 아들을 기분 좋게 보내도 모자랄 판에, 이리 짜증을 내니 어찌하면 좋겠느냔 말이다."

"아버지, 제가 또 무슨 짜증을 그리 냈다고 그러십니까?"

화살이 뜬금없이 세비르에게로 향하자 퀸은 어쩔 수 없다는 듯 화를 누그러뜨렸다. 보나 마나 이 사달을 만든 건 아버지일 터였다. 그걸 저 바보 같은 놈은 변명조차 제대로 하지 못한 채 뒤집어쓰는 중이고.

제 벗이지만 참으로 미련한 녀석이었다. 한마디만 하면

될 것을.

"짜증 난 게 아니었더냐?"

"그냥 말이 그렇다는 거지요. 이미 벌어진 거 어쩌겠습니까."

"그건 또 그렇지?"

퀸이 태도를 달리하자 스웨이츠가 반색하며 씨익 미소 지었다. 병마가 사라진 그의 얼굴에서 친구들은 어쩐지 라예가르가 겹쳐 보이는 듯했다. 아들이라면 사족을 못 쓰는 그 이사장님이 말이다.

"그러니 이제 세비르 좀 그만 부려 먹으세요. 이 녀석 얼굴 상한 것 좀 보시라고요."

옥고를 치르긴 했어도 워낙에 강골인지라 세비르는 누가 봐도 멀쩡했다. 하지만 친구를 보는 퀸의 눈빛엔 안쓰러움이 그득했다.

'화해한 건가?'

'그런 모양인데?'

'잘됐다.'

특별히 퀸이 제 입으로 거론한 적은 없었지만, 가장 친했던 친우의 배신은 그에게 엄청난 상처로 작용했을 터였다. 이제라도 모든 오해가 풀려서 참으로 다행이었다.

「세비르, 이리 와.」

아버지에게 말할 때와는 말투 자체가 달랐다. 퀸이 나긋한 어조로 친구의 이름을 부르며 가까이 오라 손짓했다.

「…으응.」

그간의 공백으로 인한 어색함을 애써 떨쳐 내며 세비르가 천천히 일행을 향해 다가왔다.

달라진 상황 때문일까.

이미 몇 번 마주쳤던 적이 있음에도 불구하고 친구들은 마치 그와 처음 대면하는 것 같은 느낌이었다.

“애들아, 인사해. 이미 알고 있겠지만, 여긴 세비르라고 해.”

“안녕하세요……. 일전에는 본의 아니게 결례가 많았습니다.”

세비르가 먼저 제국어로 인사를 건넸다. 발음이 다소 어눌하긴 했으나, 알아듣는 데는 전혀 지장이 없는 수준이었다.

“반갑습니다.”

친구들도 저마다 제 이름을 말하며 그에게 인사했다. 오랜 세월, 퀸을 대신해 폭군 아래서 온갖 수모를 묵묵히 견뎌 온 상대였다. 당연히 세비르를 보는 일행의 시선은 여타 인어들을 대할 때와는 사뭇 다를 수밖에 없었다.

“고맙습니다.”

그때, 돌연 세비르가 친구들에게 감사를 표했다.

"……?"

그 뜬금없는 행동에 일행은 물론 퀸까지 어리둥절한 표정이었다.

기실 안 그래도 친구들 쪽에서 감사 인사를 하려던 참이었다. 그간 퀸을 지켜 주어서 고맙다는 말을 꼭 전하고 싶었으니까.

한데 의도치 않게 선수를 빼앗겨 버렸다. 그에 바율과 친구들이 당황해서 입술만 벙긋거리자 세비르가 한 명씩 눈을 맞추며 말을 이었다.

"저 대신 퀸의 곁에 있어 주셔서…… 정말 감사드립니다."

그렇게 말하는 세비르의 입가에는 미소가 담겨 있었다. 일행으로서는 처음 보는 웃음이었다.

"녀석이 다시 웃는 걸 보고 견딜 수 있었거든요."

진실을 밝히지 못했던 세비르의 마음이라고 편했을 리 없었다.

바쉐론의 괴롭힘 따위야 별거 아니었다. 그보다는 자신만 보면 잡아먹을 듯 굴던 퀸을 마주하는 게 더 힘들었다.

그 냉소적인 반응 아래 숨겨진 녀석의 괴로움이 그대로 전해졌기 때문이다.

하지만 제국으로 유학을 떠났던 퀸이 방학을 맞아 인어국으로 돌아왔을 때, 세비르는 무언가 달라졌음을 한눈에 알아보았다.

그리고 해를 거듭할수록 퀸이 예전의 모습을 되찾아가는 걸 보고 얼마나 안도했는지 모른다. 여전히 제게는 차갑게 굴었지만, 상관없었다. 녀석의 옆에 이제 자신이 아닌 다른 존재가 있다는 것도 전혀 서운하지 않았다.

형제가 없는 세비르에겐 퀸이 유일한 형이자 아우이자 지기였다. 그런 녀석이 웃을 수만 있다면 자신은 뭐든 할 수 있었다.

퀸의 곁을 떠나야만 했던 그때도 그랬고, 지금도 마찬가지였다.

"바쉐론은 진짜…… 죽일 놈이야."

봇물 터지듯, 조금은 급작스럽게 듣게 된 세비르의 사연이었다. 뒤늦게 알게 된 녀석의 진심 앞에 퀸은 물론 모두가 숨죽이며 눈물을 훔칠 때였다.

라나사가 양 주먹을 그러쥔 채 울먹거리며 험한 소리를 뱉어 냈다.

"나쁜 새끼! 버러지만도 못한 자식!"

"……."

그녀의 심정을 이해하지 못하는 바는 아니었지만, 그렇

다고 욕을 듣고 아무렇지 않기도 힘들었다. 라나사가 의도한 것은 아니겠으나, 덕분에 다들 강제로 감동에서 빠져나올 수밖에 없었다.

"어? 바쉐론? 그 이름은 갑자기 왜?"

그 사이 때마침 춤바람이 났던 일라이가 돌아왔다.

"그놈은 오늘 죽은 거 아니었나? 처형식 미뤄진 거야?"

방금 도착해 라나사의 말만 들은 건지, 그가 무슨 일이냐는 듯 고개를 기울이며 물었다.

"춤은 이제 다 춘 거냐?"

저를 생각하는 친구의 우정 어린 마음에 감격하기도 잠시, 퀸의 뾰족한 시선이 일라이에게로 옮겨 갔다.

"응, 봤냐? 나랑 샤를이랑 완전 끝내줬지?"

"그럼 그 손 좀 놓지?"

"…응?"

"다 췄으면 손은 그만 놓으라고."

"아, 어……."

황실에서도 매너가 좋기로 소문이 자자한 일라이였다. 제 딴에는 샤를리즈를 끝까지 에스코트해 준 것뿐인데, 퀸이 왜 저렇게 까칠하게 나오는지 좀 어이가 없었다.

오히려 고맙다고 해야 하는 거 아닌가?

그래도 어쨌든 더 싫은 소리를 듣기 전에 말을 듣는 편이

나왔다. 성질 더러운 친구를 둔 대가라고 일라이는 단순하게 생각하기로 했다.

"샤를, 즐거웠어."

"저도요."

하얀 이를 드러내며 일라이가 환하게 미소 짓자 여지없이 주변에서 감탄이 쏟아졌다. 자주 보는 친구들이야 이미 익숙했지만, 안타깝게도 여기 인어들에겐 녀석의 아름다움에 대한 면역력이 부족했다.

"야, 너 웃지 마."

"뭐?"

"그렇게 웃지 말라고."

"나 참, 웃지 마? 이게 보자 보자 하니까, 너 지금 나한테 시비 거냐? 진짜 한판 뜨자는 거야, 뭐야?"

일라이 성격에 이만하면 많이 참았다. 기분 좋게 춤까지 딱 추고 왔건만, 갑자기 시시콜콜 계속 딴죽을 걸어 대니 열이 확 솟았다.

"내가 여기서 얼마나 고생을 했는데. 이게 바로 은혜를 원수로 갚는다는, 그거 맞지?"

"라이, 퀸은 그게 아니라……."

"아니긴 뭐가 아니야. 갑자기 왜 저러는데? 너희도 봤잖아. 내가 무슨 실수라도 했어? 했으면 말을 해 봐, 어디!"

"너의 그 잘난 외모."

"……?"

"그게 문제야. 지금 상황이 좀 그래."

에이단의 느닷없는 발언에 일라이의 잘생긴 이마가 찌푸려졌다.

"그게 무슨 개소리야? 잘난 게 어째서 잘못이 되는 건데!"

듣다 보니 말도 안 되는 헛소리였다. 잠시 멈칫했던 일라이가 다시금 흥분해 소리치자 에이단이 지지 않고 맞받아쳤다.

"개소리라니! 방금 난 너 칭찬한 거잖아, 멍청아! 나한테 뭐라고 하지 마. 싸울 거면 내가 아니라 퀸이랑 하라고!"

에이단이 턱짓으로 퀸을 가리키더니 얌체처럼 쏙 빠졌다. 그에 일라이는 다시 정신을 차리고 퀸을 노려보았다. 또 한 번 망발을 지껄이면 이젠 정말 봐주지 않겠다는 듯이.

그 속내를 읽기라도 한 걸까.

퀸이 이번에는 난데없이 사과를 했다.

"미안하다."

"…이 녀석 왜 이래? 이젠 좀 무서운데? 업무 때문에 스트레스가 많은 거냐?"

일라이는 한 걸음 뒤로 물러나며 바율 곁에 찰싹 붙었다. 조금 전까지만 해도 브레스를 한 방 날리고 싶은 심정이었는데, 퀸이 태도를 싹 바꾸자 그런 마음도 사라지고 그저 오싹하기만 했다.

무뚝뚝한 녀석이 인어국에 와서 울보가 되더니만, 감정이 오락가락하는 게 눈에 보였다. 저러다 무슨 일이라도 내는 건 아닌가 싶기도 했다.

"내가 좀 경솔했어. 너는 나라의 은인인데."

"그래서, 왜 그런 건데? 하다못해 이유라도 좀 알자."

"별거 아니야. 다시 한번 사과할 테니까 그냥 넘어가 주라."

어차피 얘기를 해도 일라이는 이해하지 못할 터였다. 여동생을 둔 오라비들의 심정이란 게 무엇인지.

"그나저나, 너는……."

하지만 에이단은 달랐다. 퀸이 어금니를 꽉 깨문 채 녀석을 매섭게 쏘아보았다.

제 동생 클라라를 끔찍하게 여기는 놈이, 아주 신이 나서는 속을 박박 긁어 댔다.

언제고 그에 대한 복수를 꼭 하고 말리라. 퀸의 그런 다짐을 아는지 모르는지, 녀석은 휘파람을 불며 딴청을 피워 댈 뿐이었다.

「어?」

달리아가 이상한 낌새를 느낀 것은 그때였다. 조용히 자리를 지키고 서 있던 그녀의 감각에 무언가 이질적인 기운이 감지되었다.

「왜 그러느냐?」

스웨이츠는 퀸과 일라이 간에 오가는 대화를 듣고 아들이 뿔이 난 원흉을 알아차렸다. 해서 행여나 그 불똥이 제게로 튈까 봐 입을 꾹 다물고 있었다.

그러던 와중에 이제 분위기가 어느 정도 일단락이 된 것 같아 나서려던 참이었는데, 어쩐지 막내딸의 목소리가 심상치 않았다.

「저기…….」

달리아의 손가락이 가리키는 방향으로 자연스럽게 일행의 눈길이 쏠렸다. 그리고 그들은 전부 약속이라도 한 듯 깜짝 놀랐다.

"이, 인어?"

"꼬마 인어 같은데?"

"근데 바닷속도 아닌데 왜 꼬리를 달고 있지?"

"그것도 공중을 날고 있어."

그랬다. 별안간 파티장 한복판에 인어가 나타났다. 인간으로 치면 네다섯 살가량으로 보이는 귀여운 외모의 꼬마

숙녀였다.

그 인어가 헤엄치듯 일행을 향해 날아왔다. 녀석의 얼굴 양쪽으론 지느러미 모양의 귀까지 달려 있었다. 그 모습을 멍하니 보고 있노라니 파도가 이는 것 같은 환청마저 들리는 듯했다.

"어때, 바율?"

"이노센트……!"

온 신경이 인어에게 팔린 나머지, 미처 느끼지 못했다. 어느 틈엔가 바율의 머리 위에 이노센트와 토파즈가 둥실 떠 있었다.

"설마 그럼……!"

"이번엔 내가 아주 심혈을 기울였다고."

토파즈를 만들어 낸 뒤, 목소리가 마음에 들지 않는다며 난리를 피웠던 이노센트다. 다시는 같은 실수를 반복하지 않겠다 다짐했던 그녀는 신중에 신중을 기해서 두 번째 정령을 만들었다.

"쟤 이름은 퓌르라고 지었어."

"퓌르?"

"응, 순수하다는 뜻이래. 그렇지, 달리아?"

"네……."

"어제 내가 몰래 물어봤거든."

바율을 깜짝 놀라게 해 주고 싶었던 이노센트는 나름 철저하게 준비했다.

그런 것도 모른 채 달리아는 그저 이노센트의 질문에 답을 했을 뿐이었다. 설마 그게 정령의 이름이 될 거라곤 상상도 하지 못했다.

"퀴르."

"네, 전하."

생긴 것만큼이나 맑고 귀여운 소리가 퀴르에게서 들려왔다. 가까이에서 마주한 녀석은 인어족과는 확실히 그 느낌이 달랐다.

하얗고 투명한 피부에, 이노센트와 똑같은 푸른 색깔의 눈과 머리칼. 지느러미 귀와 꼬리는 그보다 옅은 빛깔을 띠고 있었다. 녀석의 꼬리가 움직일 때마다 허공에 작은 물방울들이 비눗방울처럼 생겨났다.

물의 정령왕 이노센트가 온전한 자의로 탄생시킨 물의 중급 정령. 그런 그녀는 이노센트가 바율 다음으로 좋아하는 퀸과 같은 인어의 모습이었다.

# Chapter 4.
# 두 번째 정령사

# 1.

"으으, 너무 귀여워서 눈을 못 떼겠어."

"어쩜 저렇게 토파즈랑 느낌이 다를 수 있지?"

"이노센트가 이번엔 아주 작정을 하고 만들었나 봐."

"귀여움의 결정체를 보는 것 같아."

에이단과 라나사가 나란히 앉아 턱에 손을 괸 채 연신 감탄을 터뜨렸다. 그런 둘의 눈은 허공에서 잉그리드와 놀고 있는 퓌르에게 고정되어 있었다.

"삐욕!"

퓌르가 물방울을 날리면 잉그리드가 부리로 콕 찍어서 터뜨리는, 일명 물방울 터뜨리기 놀이였다. 물방울이 터질 때마다 퓌르가 까르르 웃어 댔고, 잉그리드도 작은 날개를 파닥이며 신이 난 듯 삐욕 울었다.

송별 파티를 겨우 마치고 왕성의 거처로 돌아온 지 거의 삼십 분이 넘어가고 있었다. 그럼에도 녀석들은 지치지도 않고 놀이에 집중했다.

재미있는 점은 그런 둘을 이노센트 역시 뿌듯한 눈길로 바라보고 있다는 것이었다. 중급 정령을 탄생시킨 저 스스로에게 엄청난 만족감을 느낀 이노센트는 곧 하급 정령도 만들어 내겠다며 아주 자신만만했다.

중간중간 무언가를 골똘하게 생각하는 모습으로 봐서 이미 구상에 들어간 것 같기도 했다.

"우리 이노센트, 기특하지?"

예고도 없이 갑작스럽게 파티장을 침범해서 모두를 놀라게 하긴 했지만, 바율은 이노센트의 성장이 반가웠다. 녀석이 제 도움 없이도 스스로 알아서 정령을 만들 생각을 하고, 그것을 실천에 옮겼다는 데 살짝 감동까지 했다.

소원대로 세상의 모든 귀여움을 한데 끌어모은 듯한 퓌르의 생김새와 성격, 목소리 등은 친구들의 마음을 한순간에 앗아 갔다.

물론 한 녀석만 빼고.

"중급 정령치고 너무 가벼운 거 아니냐?"

"…뭐?"

"하급이면 몰라도, 중급이면 위엄이 좀 있어야지. 중급 정령하고만 계약해도 대단하다는 소릴 듣는다는데, 저렇게 작고 연약해서 뭘 할 수 있을까 심히 걱정이다, 걱정."

"라이, 내가 네 그 악담이 언제쯤 나올지 기다렸다!"

이제껏 퓌르에게 정신 팔려 있던 에이단이 몸을 획 꺾으며 반박했다.

"아직 우린 퓌르의 어떤 능력도 보지 못했어. 그러니 속단하기는 이르다고."

"맞아! 라이, 넌 물의 정령에게 너무 야박해. 아무리 너라도 그러면 안 되는 거 아니니?"

라나사는 일라이에게 일침을 가하면서도 함께 있는 이들을 의식해 드래곤이란 단어를 입에 올리지는 않았다. 현재 실내에는 일행 말고도 달리아와 샤를리즈, 세비르가 함께였다.

이중 일라이의 진짜 신분을 모르는 건 달리아가 유일했지만, 어쨌든 사실을 알면 놀랄 게 분명하기에 입조심을 하는 중이었다.

"난 그냥 느끼는 대로 말했을 뿐이야."

"네가 퍽이나 그랬겠다."

누구도 믿지 않을 소리였다. 물이라면 질색하는 녀석의

성깔이 또 도진 거겠지.

그러거나 말거나 일라이는 어깨를 으쓱이며 한발 뒤로 빠졌다.

"과연 저 꼬맹이 인어한테는 무슨 능력이 있을지 궁금하군."

물론 그답게 도발적인 멘트를 남기는 것 또한 잊지 않았다.

불과 물이 아무리 상극이라지만, 정녕 가까워질 순 없는 걸까.

일라이도 일라이지만, 내일이면 돌아갈 거란 소식에도 스피넬은 반짝 기뻐했을 뿐 여전히 인상을 잔뜩 찡그린 채 구석에서 몸을 사리고 있었다.

템페스타는 이노센트가 먼저 정령왕이 된 후로 내내 풀이 죽은 상태였고, 셰임만이 평소처럼 감정의 굴곡 없이 바율을 따르고 있었다.

여러모로 인어국을 빨리 떠나는 게 녀석들을 위해서 더 나을지 몰랐다.

"그럼 이노센트, 우리 마저 할 일을 해 볼까?"

"마저 할 일이라니?"

"설마 이노센트에게 하급 정령을 바로 만들어 내라는 거야?"

"그건 너무 빠르지 않아?"

친구들의 쏟아지는 질문에 바율은 서둘러 정정했다.

"그게 아니라, 내일이면 제국으로 돌아가야 하잖아. 달리아에게 해 줄 게 있어서."

"달리아에게라면……?"

중급 정령이 태어난 이 시국에 달리아를 거론한다는 건 물으나 마나였다. 녀석에게 정령사의 자질이 있다는 걸 모두가 알고 있지 않은가. 그녀의 순수한 기운 덕에 이노센트가 다리까지 낫게 해 주던 모습은 평생 그들에겐 잊을 수 없는 기억이었다.

"달리아."

"네……."

조금은 긴장한 기색으로 달리아가 바율을 응시했다. 그런 바율의 위에는 어느새 이노센트가 날아와 녀석을 내려다보고 있었다.

"이노센트가 퀴르를 만든 건 날 깜짝 놀라게 하고 싶어서이기도 하지만, 토파즈가 너무 강해서이기도 해."

"…강해서요?"

"응, 아직 네 몸으론 상급 정령인 토파즈와 계약할 순 없거든."

"아……."

정령사가 되기 위해선 반드시 친화력이 필요하지만, 가진 바 재능과 소질이 어느 정도인가에 따라 계약을 맺을 수 있는 정령의 등급이 정해진다.

그러니까 달리아는 상급 정령인 토파즈와 계약을 하기엔 무리였고, 중급 정령인 퓌르가 적당하다는 의미였다.

"아, 그 전에 혹시 정령사가 되고 싶지 않다거나 하면 미리 말해 줄래? 내가 먼저 물어봤어야 했는데 깜박했네."

"아니요! 그럴 리가 없잖아요! 저도 바율 님처럼 정령사가 꼭 되고 싶습니다!"

그간 꼬리가 잘린 채 있는 듯 없는 듯 살아온 달리아였다. 하나 물의 정령사가 된다면 필시 인어국에 도움이 될 것이고, 더는 쓸모없는 취급도 받지 않게 될 터였다.

장차 나라를 이어받게 될 오라비를 돕기 위해서라도 달리아는 정령사가 되길 간절히 원했다.

"퀸, 너 든든하겠다?"

"그러게. 네가 인어국을 비워도 달리아가 있으니 안심이 되겠어."

"동생 잘 뒀네!"

부러움이 섞인 친구들의 말에도 퀸의 얼굴에 떠오른 건 걱정과 근심이었다. 정령사로 거듭날 동생의 앞날이 기쁘지만, 한편으론 염려가 되는 것이다.

달리아가 정령사가 되면 이 세계의 두 번째 정령사였다. 동시에 인어국에선 유일한 정령사가 된다.

녀석의 장래에 어떤 변화가 생길지.

퀸은 기대가 되면서도 마음이 한쪽이 무거웠다.

그런 오라비의 마음을 아는지 어쩐지 달리아가 조심스럽게 물었다.

"근데 제가…… 정말로 정령사가 될 수 있을까요?"

"아직도 그걸 믿을 수 없는 거야?"

"솔직히…… 네, 그래요."

바율과 이노센트 모두 그녀에게 재능이 있다고 말했지만, 달리아는 도무지 의심이 거둬지지 않았다. 그건 바율과 이노센트를 믿지 못해서가 아니라, 저 스스로를 너무 낮게 평가하는 탓이 컸다.

"달리아, 널 택한 건 내가 아니라 이노센트야. 녀석이 먼저 널 알아봤다고."

"하지만……."

"퀴르도 네게서 영감을 받아서 만들어 낸 걸 거야."

"제게서요?"

"녀석이 갑자기 순수하다는 뜻을 왜 찾았겠어?"

달리아에게서 느껴지는 순수한 물의 기운은 이노센트로 하여금 기분을 좋게 하였다. 그리고 그건 바율도 마찬가지였다.

"거기에 원래도 퀸을 좋아했던 녀석이라서 인어의 모습을 한 정령을 탄생시킨 걸 거야."

"아……."

"정 그렇게 자신이 없으면 이노센트를 한번 믿어 봐. 너를 낫게 한 녀석을."

"이노센트 님이라면 무조건 믿을 수 있습니다."

그녀는 저뿐 아니라 아버지의 병도 고쳐 준 고마운 존재였다. 바율이 이노센트를 거론하자 달리아의 눈빛이 대번에 달라졌다.

"퀴르."

진지한 대화가 오가는 중에도 퀴르는 잉그리드와 노는 데 정신이 완전히 팔려 있었다. 그런 녀석이 이노센트가 부르자 한 치의 망설임도 없이 슥 날아왔다. 그러곤 별다른 말이 없음에도 알아들었다는 듯 달리아의 앞으로 가까이 이동했다.

정령과 정령사의 계약이 어떻게 이뤄지는지는 아무도 본 바가 없었다. 바율조차 그냥 이름을 지어 주었을 뿐 특별히 무언가를 하진 않았었다. 나중에서야 그가 일반적인 정령사가 아니기에 애초에 계약이란 것 자체가 필요하지 않았음을 알았지만.

"나와 계약하기를 원해?"

귀여운 용모에서 꽤 단도직입적인 말투가 흘러나왔다. 뭔가 좀 어울리지 않는다고 친구들이 생각할 때, 달리아가 작게 '응' 하고 대답했다.

그러자 별안간 달리아와 퓌르 사이에 거대한 물기둥이 솟아났다. 그것은 곧 둘을 삼킬 듯이 덮쳤고, 동시에 투명한 물빛을 쏟아 냈다.

잠시 후, 빛과 물기둥이 전부 사라지고 난 자리엔 조금은 달라진 기색의 달리아가 얼떨떨한 표정으로 두 눈을 슴벅거리고 있었다.

"…끝난 건가?"

"그런 것 같지?"

친구들이 저들끼리 속닥이는 그때, 퓌르에게서 제법 엄숙한 목소리가 새어 나왔다.

"너와 나는 이제 계약으로 묶여 있어. 언제든 너에게 내가 필요해지면, 내가 찾아올 거야."

"언제든지?"

"응."

"어떻게 찾아야 하는데?"

"날 떠올려 봐. 그럼 내게 전달이 될 테니까."

"아, 그래……."

너무 기본적인 물음인 것 같아 괜스레 부끄러워 달리아는 볼을 붉히며 고개를 끄덕였다.

"라이."

"…어?"

"어떡하냐? 전혀 가벼워 보이지가 않으니."

방금까지 잉그리드와 놀 때와는 전연 다른 모습이었다. 중급은 중급이라 그런가?

내심 바율도 놀랄 무렵, 에이단이 돌연 퀸을 가리키며 말했다.

"왠지 퀸 어릴 때 모습이 저랬을 것 같지 않냐?"

"…뭐?"

"아니, 너도 어릴 땐 퓌르처럼 되게 귀엽고 깜찍하게 생겼었을 것 같아서."

"그런데?"

"하지만 내 느낌상 성질은 지금이랑 똑같았을 거야. 그치?"

에이단의 말에 친구들은 저도 모르게 고개를 주억거렸다. 구석에서 다과를 흡입하고 있던 데스와 이언까지도 공감하는 눈치였다.

그에 억울하다는 양 퀸이 소리쳤다.

"나 안 그랬거든!"

"뭐가?"

"그땐 나도 꽤 귀여웠다고!"

"호오, 그래?"

"샤를, 달리아. 너희가 말 좀 해 봐. 내가 그때도 이렇게 까칠하진 않았었지?"

급기야 퀸은 동생들까지 끌어들였다. 에이단이 저를 놀리려고 하는 소리인 줄도 모르고 어린 시절 자신의 귀여움을 증명하기 위해 애를 쓰는 기이한 광경이 연출되었다.

'아무래도 퀸이 좀 이상해진 것 같은데?'

'자기 나라에 오더니 바보가 됐나.'

'왜 저렇게 휘말리는 거야? 녀석답지 않게.'

"세비르, 너도 한마디 해 봐. 이 녀석이 안 믿잖아."

친구들 사이에서 무슨 시선이 오가는지도 모른 채 퀸은 끝까지 필사적이었다.

그런 퀸을 보고 있으려니 바율은 피식 미소가 흘렀다. 이제야 비로소 퀸이 조금은 편해진 느낌이 들었기 때문이다.

인어국에 오길 참 잘했다는 생각이 불현듯 들었다.

내일이면 이제 제국으로 되돌아갈 것이다.

또 어떤 사건이 그를 기다리고 있을까.

언성을 높여 가며 티격태격하는 친구들 너머로 인어국의 해가 지고 있었다.

# Chapter 5.
# 기쁨의 신

# 1.

청명한 하늘 아래, 배 한 척이 잔잔한 푸른 물결을 가르며 나아갔다. 로콱스가 멀리까지 배웅해 준 덕에 바율과 친구들은 인어국을 나선 지 얼마 되지도 않아 곧 하선을 앞두고 있었다.

항구에 정박하면 인어국에서 싣고 온 물품들을 내린 뒤, 퀸의 수하들과도 작별을 해야 했다. 잉그리드가 감당할 수 있는 무게가 한정적이었기에 불가피한 선택이었다.

거기서부터 잉그리드를 타고 랑트에 도착하면 맥 보좌관이 바율을 기다리고 있을 터였다. 얼마 남지 않은 여름 방학이니만큼 남은 시간이라도 좀 쉬면서 보내면 좋으련만,

유감스럽게도 특무 대신인 바율에겐 아직 할 일이 남아 있었다. 바로 황명에 따라 자이아 탄광촌의 일을 해결하는 업무였다.

백 년이 넘도록 불이 꺼지지 않고 있다는 제국 최대의 탄전, 자이아. 여전히 그곳에선 많은 이들이 살아가고, 또 죽어 가고 있었다.

정령에 대해 막 알아 갈 무렵이었던 어느 날, 바율은 블레이크 교수님에게서 자이아 탄광의 실상을 처음 듣고 충격에 빠졌었다.

그런 곳이 있다는 자체도 놀라웠지만, 그 불을 자신이 꺼뜨려야 한다는 사실에 무척 겁을 먹었었다.

당시엔 불의 정령인 스피넬은커녕 셰임이나 템페스타도 곁에 없었고, 아는 정령이라곤 이노센트가 전부였다. 당연히 제 능력으론 불가능한 일일 거라고 단정했었다.

그런데 이제는 할 수 있을 것 같았다. 아니, 할 수 있다는 믿음이 있었다.

자이아 탄광은 바율에게 '내가 과연 해낼 수 있을까' 하는 두려움을 준 곳이기도 하지만, 반대로 '꼭 해내고 말 거야' 하는 목표 의식을 심어 준 장소이기도 했다.

불과 이삼 년 만에 너무나 많은 게 바뀌었다.

며칠 전 이노센트는 결국 정령왕이 되었고, 세상에 알려

지진 않겠지만 두 번째 정령사도 탄생했다.

그리고 앞으로 대륙엔 달리아와 같은 정령사들이 더 많이 생겨날 것이다. 그래야 이 땅에도 평화가 찾아올 테니까.

물론 그러기 위해선 먼저 정령계가 제대로 복원되어야만 했다. 또한 다른 녀석들도 얼른 정령왕이 되어서 수많은 정령을 만들고 길러 내야 한다.

그리고 그 모든 일이 원활하게 이루어지기 위해선, 천계와의 전쟁에서 반드시 승리해야만 했다.

'엘레오스…….'

천족과의 전쟁을 떠올리자 바율은 저절로 놈이 생각났다. 마황에 의해서 태초의 어둠으로 끌려간 주신의 아들.

주신은 지금쯤 행방이 묘연해진 아들을 찾고 있을까?

그는 과연 이번에도 정령계를 용서하지 않으려나.

친구들로부터 주신이 진정한 창조주가 아닐 수도 있다는 라에가르의 말을 전해 들었다. 아직 확실한 건 아무것도 없지만, 바율은 그 가설에 무게를 두고 있었다.

이 세계의 모든 걸 창조했다고 알려진 주신.

한데 그런 유일무이한 존재를 죽일 수 있는 태고의 신물을 본인이 제작했을 리 없다.

무어라 불러야 할지 마땅한 용어가 생각나진 않지만, 어쨌든 분명 주신 위에는 또 다른 신이 있을 것이다.

'그 신은 주신과는 다르겠지. 그래야만 해.'

끼룩끼룩 울며 날아가는 갈매기들을 멍하니 올려다보며 바율은 소원했다. 만약 정말로 그러한 신이 존재한다면, 부디 이 세계를 지켜 달라고. 이 이상 망가지게 내버려 두지 말라고.

따사로운 햇볕 아래에서 팔베개를 한 채 오랜만에 조용한 한때를 보내고 있으려니 여러 사념이 복잡하게 머릿속을 오갔다.

그러나 그 고요함은 얼마 가지 못해 깨지고 말았다.

"야, 너희들! 나 따돌려?"

뱃머리 부근에서 일행 모두가 일광욕을 즐기던 그때, 이노센트의 카랑카랑한 목소리가 별안간 허공에 메아리쳤다.

"왜 저래?"

"이노센트 화난 건가?"

눈이 부셔 잘 보이지 않아 친구들이 저마다 손등으로 얼굴을 가리며 몸을 반쯤 일으켰다.

"너희 셋, 지금 나 정령왕 되었다고 약 올라서 그러는 거지?"

"그건 아니라고 이미 말했을 텐데."

스피넬이 미간을 잔뜩 찡그린 채 차갑게 일별하자 이노센트가 어이없다는 듯 눈썹을 들썩였다.

"근데 왜 너희 셋만 놀아? 평소에 그렇게 친하지도 않았으면서, 어째서 너희끼리 쑥덕거리냐고!"

"그건 우리끼리 좀 할 얘기가 있어서 그랬다."

"할 얘기? 무슨 얘기?"

어디 그 얘기 좀 본격적으로 들어 보자는 듯 이노센트가 팔짱을 끼며 세임을 노려보았다.

그러자 여태껏 돛대 꼭대기에서 책상다리를 한 채 바람을 쐬고 있던 템페스타가 쑤아앙 돌풍을 일으키며 날아와 쏘아 댔다.

"그건 네가 알아서 뭐 하게?"

"뭐야?"

"물귀신, 너는 네 부하들이랑 놀면 되잖아!"

녀석이 이노센트의 양옆에 붙어 있는 토파즈와 퓌르를 가리키며 소리치자 잔잔하던 바다가 잠시 출렁거렸다.

"아아, 이제 보니 내가 정령왕이 된 것뿐만 아니라 부하들까지 생겨서 더 배가 아팠던 거구나?"

이노센트의 핵심을 찌르는 말에 템페스타가 움찔하는 게 보였다.

안 그래도 그게 제일 부러웠는데, 저 물 여우가 그걸 콕 집어 말하니 그간 참고 있던 울분이 솟구치려 했다.

"야, 물!"

강제로 상념에서 빠져나올 수밖에 없었던 바율이 한숨을 내쉬며 중재에 나서려던 찰나였다. 스피넬이 이노센트를 부르며 가까이 오라 손짓했다.

"용건이 있으면 네가 오지 그래?"

당연히 그에 고분고분하게 응할 이노센트가 아니었다. 오히려 네까짓 게 뭔데 감히 저를 부르는 거냐는 양 손가락을 까닥였다.

그 명백한 도발에 스피넬은 눈을 한 번 감았다가 뜨더니 의외로 순순히 이노센트를 향해 날아갔다.

하지만 결코 말투만은 부드럽지 못했다.

"네가 기고만장하게 구는 건 하루 이틀 일도 아니니 그러려니 하겠는데, 그래도 최소한의 예의는 좀 지키는 게 어때? 우린 네 수하가 아니거든."

"너희가 먼저 날 따돌렸잖아!"

"우리는 그저 우리의 고유 능력이 뭔지에 대해 이야기를 주고받았을 뿐이야. 네게 치료 능력이 생긴 것처럼 우리한테도 뭔가 있을 것 같은데, 아직 그게 뭔지 모르니까. 널 따돌린 게 아니라고."

"뭐래. 날 그 대화에 끼워 주지 않은 거 자체가 따돌린 거거든?"

"아니다. 네가 토파즈와 퓌르에게만 신경을 쓰느라 우리 얘기를 듣지 못한 것이다.”

“셰임! 또 스피넬 편드는 거야?”

“사실을 말하는 거잖아, 이 물귀신아!”

부하들에게 정신 팔려서 동료들을 나 몰라라 할 때는 언제고, 이제 와서 저 혼자 피해자인 척 구는 게 아주 기가 찰 노릇이었다.

“야, 너 말조심 안 해? 내가 물귀신이라고 부르지 말랬지!”

템페스타의 호칭이 귀에 거슬린 이노센트가 제 수하들을 눈짓하며 다시 한번 경고했다.

“나 이제 왕이거든? 내 부하들 듣는 데서 한 번만 더 그딴 식으로 굴어?”

“그럼 나도 물이라고 부르면 되겠네. 귀신만 빼고.”

템페스타가 혀를 내밀며 놀리듯 말하자 이노센트의 얼굴이 붉으락푸르락 변해 갔다. 부하들 앞이라고 나름 체통을 지키려던 참이었는데, 이 바람 자식이 자꾸만 자신을 시험에 빠지게 하였다.

그야말로 일촉즉발의 상황.

“마침 우리도 궁금했는데, 같이 얘기 좀 할까?”

그때, 뱃머리에 누운 채 흥미진진하게 사태를 지켜보던 친구 중 라나사가 기회를 틈타 불쑥 끼어들었다.

"나도!"

에이단이 질세라 손까지 번쩍 쳐들며 말했다.

"치료 능력이라고 하니까 다시 생각난 건데, 이노센트 완전 대단했잖아! 난 물의 정령왕에게 그런 능력이 있을 줄은 꿈에도 몰랐다니까!"

다분히 의도된 칭찬이었지만, 다행히 이노센트는 눈치채지 못했다. 녀석의 표정이 한결 풀어지는 게 눈으로 보일 정도였다.

"이노센트, 다시 한번 고마워."

"템페스타는 어떤 능력이 생겼으면 좋겠어? 생각해 둔 게 있는 건가?"

퀸에 이어 로건까지 가세하자 분위기가 삽시간에 달라졌다. 방금까지 긴장으로 팽팽하던 공기가 느슨해지며 거짓말처럼 화기애애한 장이 펼쳐졌다.

바율만큼이나 사대 정령에게 익숙해진 친구들은 이제 누가 먼저랄 것 없이 능숙하게 나서서 사태를 수습하는 경지에 이르렀다.

개중 말이 없는 건 일라이가 유일했는데, 지금은 녀석이 입을 다물고 있는 것 자체가 도와주는 일이었다. 보나 마나 이노센트에게 안 좋은 소리를 할 게 뻔했으니까.

"로건, 나는 말이야. 시간을 되돌리는 능력이 생겼으면 좋겠어."

로건이 제게 관심을 보이자 신이 난 듯 템페스타가 쪼르르 날아와 원하는 바를 얘기했다.

"시간을 되돌리는 능력?"

"응! 과거로 돌아갈 수 있으면 재밌을 것 같거든!"

그럼 저 물귀신이 아니라, 내가 먼저 정령왕이 되고 말 거야.

템페스타 딴에는 그런 나름의 큰 그림을 그리며 생각해 낸 것이었다.

"회귀 능력이라……."

"그런 힘이 생긴다면 정말 대박이겠는걸?"

"그러게. 과거로 돌아가서 지금의 현실을 바꿀 수도 있단 거잖아. 얼마나 먼 과거까지 가능하려나?"

라나사는 웃으며 태연하게 받아쳤지만, 그녀가 무얼 떠올리고 그런 말을 했는지 친구들은 내심 짐작이 갔다.

아마도 녀석이라면 오해로 인해 헤어질 수밖에 없었던 부모님의 과거를 바꾸고 싶은 것이리라. 지금은 재회 후 잘 살고 계시지만, 이십여 년이란 세월 동안 서로를 그리워하며 지옥과도 같은 고통 속에서 살아온 부모님이었다. 라나사는 그런 두 분의 과거를 떠올릴 때마다 언제나 안타까워했다.

"템페스타, 진짜로 그런 능력 생기면 나 모른 척하기 없기다!"

"당연하지! 그러니까 내가 정령왕이 되길 어서 바라라고!"

정령왕이 된다고 해서 회귀 능력이 생긴다는 보장은 어디에도 없거늘, 템페스타는 벌써부터 저만 믿으라는 듯 큰소리를 쳐 댔다.

그 행동이 우습고 귀여워서 모두가 깔깔거리는 그때, 바율은 별안간 모골이 송연해짐을 느꼈다.

"……!"

홀로 구석에서 뒹굴던 데스가 발딱 일어선 것도 그즈음이었다.

그리고 참으로 난데없이 한 여자가 나타났다.

한 열여덟에서 열아홉쯤 되었을까.

발목까지 내려오는 황금빛 머리칼에 백옥 같은 피부의 소유자였다. 두 눈 역시 머리 색과 같은 금안이었고, 하늘하늘한 백색의 드레스가 그녀의 날씬한 몸매를 부각하며 한 몸인 양 부드럽게 감겨 있었다.

보는 순간 눈이 멀 정도로 숨 막히게 아름다운 여인이었다. 이곳이 바다에 떠 있는 배 위만 아니었다면, 일행은 아마 한동안 넋을 잃고 그녀를 바라보기만 했을지도 몰랐다.

하지만 다행인지 불행인지 여긴 아직 육지가 아니었다. 더군다나 상대는 인기척도 없이 한순간에 모습을 드러냈다. 당연히 정체가 의심스러울 수밖에 없었다.

"당신…… 누구지?"

가장 먼저 입을 뗀 것은 일라이였다. 녀석이 저리 묻는다는 건, 최소한 드래곤은 아니란 소리였다. 같은 동족이라면 몰라보지는 않았을 테니.

그러면 설마?

드래곤도 아닌데 이런 식으로 갑작스레 눈앞에 나타날 수 있는 이가 과연 몇이나 될까?

바율이 아는 한 그런 존재는 적어도 이 인간계에선 없었다.

"아, 내 소개를 하는 게 순서겠군요."

꾀꼬리 같은 고운 음성이 여인에게서 새어 나왔다.

"알레그리아. 이곳에선 날 기쁨의 신이라 부르더군요."

아니나 다를까.

단출한 소개였지만, 그녀의 말에 바율과 친구들은 그대로 얼어붙었다.

엘레오스 이후로 두 번째로 만나는 천족의 등장이었다.

"용건이 뭐야?"

모두를 대신해 나선 건 데스였다. 그가 여전히 얼이 빠진 일행 사이를 헤치고 나가 알레그리아 앞에 섰다.

마치 바율을 비롯한 친구들을 보호하는 듯한 그 행동에 그녀의 황금색 눈동자가 이채로 반짝였다.

"설마설마했는데 진짜였군요."

"뭔 소리야?"

"마계가 다시 정령계를 돕고 있는 건가요?"

"다시?"

알레그리아의 말을 고대로 따라 짓씹듯 뇌까리던 데스에게서 한순간 강렬한 살기가 뿜어져 나왔다.

"과거 우리가 정령계를 도왔다면 애초에 지금 이 꼴도 나지 않았겠지."

그랬다면 제 형도 패륜을 저지르지 않았을 테고, 응당 아버지도 살아 계셨을 것이다. 마족과 천족은 원래도 상극이지만, 특히 데스에겐 남다른 증오의 대상이었다. 천족이야말로 아버지를 잃게 한 원흉이자 원수였으니까.

"진정해요. 난 싸우려고 여기까지 온 게 아니에요."

데스의 서슬 퍼런 기세에도 그녀는 평온했다. 상대를 달래는 듯한 부드러운 어조와 따뜻한 눈빛. 그간 바율과 친구들이 겪어 왔던 천족의 모습과는 사뭇 달랐다.

"그럼 왜 왔는데? 뜬금없이 이 망망대해에 나타난 이유가 뭐냐고."

“엘레오스.”

“……!”

“제 오라비를 찾으러 왔습니다. 그는 지금 어디에 있나요?”

“…그딴 걸 왜 나한테 물어? 그놈이 어디 있든 내가 알게 뭐야.”

데스는 뜻밖의 이름이 튀어나와 내심 당황했지만, 이내 아무렇지 않은 척 되받아쳤다.

기실 그는 놈이 그녀의 형제란 사실도 이제 알았다.

“오라비의 흔적이 인간계 어디에도 남아 있지 않더군요. 이상한 일이지요.”

“그거야 음흉한 너희 천족이 흔적을 워낙 잘 지워서겠지.”

“하지만 앙췔의 행적은 있었어요.”

“앙췔?”

그건 또 누구냐는 듯 데스가 미간을 찡그렸다.

“데스페라티오. 그대가 죽였거나 잡아간 천족의 이름입니다.”

“아, 그 쥐…….”

‘새끼’라는 뒷말을 간신히 속으로 삼켰다. 에피의 몸에 빙의해 리타를 납치했던, 씹어 먹어도 모자랄 육시랄 놈!

잊고 있던 지난 기억을 상기하자 다시금 분노가 슬금슬금 기어올랐다.

다행히 때마침 리타에게 치유 능력이 생겨서 목숨을 부지했지, 아니었다면 녀석은 죽었을지도 몰랐다. 그랬다면 앙헬인지 뭔지 하는 그놈 역시 진즉에 생을 마감했으리라. 세상에서 가장 잔혹한 방법으로.

"앙헬은 천계의 십이기사입니다. 개중에서도 특별히 능력을 인정받아 오라버니를 보좌하는 임무를 수행 중이었어요."

"근데. 그게 뭐 어쨌다는 건데? 짜증 나게 빙빙 돌려 말하지 말고 용건만 간단히 해."

"그가 마지막 순간에 표식을 남겼습니다."

"…표식?"

"네."

그 이상은 더 말하지 않아도 아시겠지요?

데스를 직시하는 알레그리아의 두 눈은 그리 묻고 있었다.

"염병. 그딴 건 언제 남겼대?"

온 신경이 리타에게 쏠려 있던 터라 뒤처리가 조금 미흡했던 모양이었다. 사실 그때는 너무 흥분해서 눈에 뵈는 게 없기도 했다. 리타가 위험에 처했는데 어찌 제정신일 수가 있었겠는가.

끝까지 모른 척 발뺌하려고 했건만, 아무래도 그러기는 이미 그른 듯했다.

"앙휄을 죽였나요?"

"그게 너한테 중요한가?"

"엘레오스는요. 오라비도 죽였나요?"

의아하게도 알레그리아의 표정과 음색은 처음과 크게 다르지 않았다. 가족과 수하의 생사 여부를 확인하면서도 왜인지 감정의 동요가 별로 없어 보였다.

"그랬다면?"

해서 데스는 부러 두리뭉실하게 대꾸했다. 시종일관 침착하던 그녀가 어떤 반응을 보일지 자못 궁금한 탓이었다.

"사실을 말해 주세요. 그래야 내가 도울 수 있습니다."

"네가…… 뭘 한다고?"

한데 그녀의 입에서 흘러나온 건 기대했던 답이 아니었다. 그뿐인가. 여기의 그 누구도 전연 예측하지 못한 말이었다.

상대는 천족이었다.

그것도 엘레오스의 동생.

그러니까, 다시 말해 그녀 역시 주신의 자식이란 뜻이다.

그런 그녀가 대체 이 상황에서 누구를 돕겠다는 걸까?

데스와 알레그리아 간에 오가는 대화를 조용히 듣고만 있던 바율과 친구들은 순간 자신들의 귀를 의심했다.

"정령계의 멸망은 나 또한 원하는 바가 아니었어요. 지금이라도 망가진 이 세계가 바로잡히길 간절히 바라고 있습니다."

"하지만…… 당신은 천족이잖아요. 천족은 모두 정령계를 증오하는 게 아니었습니까?"

바율은 묻지 않을 수 없었다.

여태껏 천족은 다 정령계를 무너뜨리는 데 이바지했고, 그래서 모조리 적일 거라고 생각했다. 한데 지금 그녀의 발언은 꽤 충격적이었다.

"전부 그런 건 아닙니다."

알레그리아의 깊이를 알 수 없는 황금빛 눈동자가 바율을 지그시 응시했다.

"차마 아버님의 명을 거스를 수 없어 감추고 있을 뿐, 나와 같은 뜻을 가진 이들도 적지 않습니다."

"적지 않다? 그럼 어쨌든 여전히 정령계를 싫어하는 반대파도 많다는 거잖아."

"그렇지요."

일라이의 불퉁한 말투에도 알레그리아에게선 기분 나쁜 기색을 살필 수 없었다. 주신을 아버지로 둔 천신이 이처럼 너그러운 성품을 지녔다는 게 놀라울 정도였다. 오라비라는 엘레오스와도 지나칠 정도로 비교가 되었다.

"너무 늦었지만…… 지난 일에 대해선 사과하고 싶습니다."

급기야 그녀는 제 입에서 사죄의 말까지 꺼냈다.

"아무리 아버지를 두려워한다 해도, 정령계가 그리되도록 내버려 두어서는 안 되었는데…… 우리가 너무 경솔했어요. 오래도록 후회하고 또 후회했습니다."

"정령들에 대한 인간의 애정을 질투한 나머지 벌어진 일이라고 하던데, 맞습니까?"

이왕 여기까지 들은 것, 바율은 이참에 제대로 확인하고 싶었다. 엘프 가르디엥에게서 들은 바가 사실인지 아닌지, 당사자의 입을 통해서 확실하게 알아야만 속이 후련할 듯했다.

"신은…… 대단한 존재처럼 떠받들어지고 있지만, 실은 언제나 인간의 애정에 목말라 하는 이들입니다. 어떻게 보면 부모에게 무조건 원하는 바를 들어 달라 떼를 쓰는 어린 아이와도 같지요."

거기까지 말한 알레그리아는 잠시 씁쓸한 표정을 지었다.

"그러다 보니 이런 사달까지 난 것입니다. 인간계가 이토록 엉망이 될 줄은 생각지도 못한 채."

"주신이란 게 워낙 멍청해서 그렇지."

데스가 혀를 차며 비아냥거렸다. 그러나 알레그리아는 여전히 그에 어떤 반응도 보이지 않았다. 그저 처음의 질문으로 돌아갈 뿐.

"그래서…… 엘레오스는 어디에 있나요? 진실을 말해 주시길 부탁드립니다."

"놈은 과거 정령계를 무너뜨리는 데 앞장섰다고 들었습니다. 그런 자를 이리도 애틋하게 찾는 이유가 무엇입니까? 조금 전 도와주겠다느니 하시긴 했지만, 저흰 그쪽에 대해 전혀 모릅니다. 무슨 용무 때문에 그를 찾는 건지 아무것도 밝히지 않고 정보를 요구하는 건 우리로서도 받아들이기 어려운데요."

이번에는 퀸이었다. 일라이와 달리 최소한 존댓말은 하고 있었으나, 알레그리아를 향한 그의 눈빛은 창끝처럼 매섭고 날카로웠다.

솔직히 그의 눈에는 일행을 속여 제 오라비를 구해 내려는 속셈으로밖에는 보이지 않았다.

하지만 그녀에게선 또다시 예상하지 못한 말이 흘러나왔다.

"아버지께서 엘레오스를 찾기 시작하셨어요. 원래 근신

중이었는데, 어디로 도망친 거냐며 화가 잔뜩 나 계신 상태입니다."

"근신 중?"

"네. 아직 여기 사정까지는 모르세요. 그러나 이렇게 계속 시간이 흐르면 곧 알게 되시겠죠."

알레그리아가 막고 싶은 건 그 상황이었다.

"아버지께서 알게 되시는 날엔 모든 게 끝장날 겁니다. 그분의 진노를 피하려면 엘레오스가 있어야 해요. 난 예전의 끔찍했던 일이 반복되길 원하지 않습니다."

"그 말씀은…… 주신이 또 한 번 정령계에 손을 댈 수도 있다는, 그런 의미인가요?"

"……."

알레그리아는 답하지 않았지만, 그 자체로 인정하는 셈이나 다름없었다.

이 얼마나 웃기는 상황이란 말인가.

아들이란 놈은 정령계의 부활을 막으려고 별짓을 다 하는데, 정작 정령계와 인간계를 만든 아버지란 작자는 그런 아들을 건드리면 용서하지 않을 거란다.

이래도 저래도 피할 방도는 없었다.

이 여자는 그런 것도 모르고 자신들을 찾아온 건가?

잠깐이나마 생기려던 호감이 일시에 사라졌다.

"아들 사랑이 아주 대단하시네요."

"그 끝장이란 게 뭔지 어디 구경 한번 해 봅시다."

"그런 게 무슨 주신이야?"

"재수 없어!"

참았던 울화가 한꺼번에 터지며 친구들이 한 소리씩 내뱉었다. 진즉부터 실체를 알고 있긴 했다만, 천족에게서 실상을 듣고 나니 더욱 열이 받았다.

"엘레오스가 무사히 돌아간다고 해서 뭐가 달라지겠습니까?"

낮게 가라앉은 바율의 음성이 울려 퍼진 건 그때였다. 녀석의 얼굴에선 무엇도 읽을 수가 없었다. 흐트러짐 없는 시선으로 알레그리아를 쳐다만 볼뿐, 어떤 감정도 겉으로 드러나지 않았다.

그렇다는 건 바율이 매우 화가 났다는 뜻이었다.

"그 말은, 아직 살아 있긴 하다는 걸로 들리는군요."

불행 중 다행이라는 듯 그녀가 안도하며 말을 이었다.

"나에 대한 반감은 충분히 이해합니다. 나라도 그럴 거예요. 하지만 난 그냥 경고해 주고 싶었어요. 이번만큼은 지지 않았으면 하거든요."

알레그리아는 진심이었다. 그녀는 질투에 눈이 먼 오라비도, 그런 오라비를 감싸고돌기만 하는 아버지도 정녕 이해할 수 없었다.

“엘레오스를 마지막 카드로 이용하세요. 오라비의 존재 여부가 큰 영향을 미칠 겁니다.”

“…애초에 놈을 데려갈 생각은 없었던 건가?”

“이대로 쭉 평화가 유지될 수만 있다면 난 지금도 좋아요.”

문제는 주신인 아버지가 어찌 나올지 정확히 짐작하기 어렵다는 점이었다.

“난 천계에 최대한 사실이 늦게 알려지도록 노력해 보겠습니다. 내가 도울 수 있는 건 여기까지예요.”

아버지도 아버지이지만, 오라비를 추종하는 무리에게 이런 상황이 알려져서는 안 되었다. 지나간 과오가 다시 되풀이되었다간 이 세계 자체가 멸망하고 말 것이다.

그런 일만큼은 절대 벌어져선 안 되었다.

“바율이라고 들었는데…… 맞나요?”

갑작스레 그녀가 자신의 이름을 호명하자 바율은 깜짝 놀랐다.

그걸 당신이 어찌 알았냐고 묻고 싶었지만, 생각해 보면 상대는 신이었다. 어떤 경로를 통했는지는 모르겠으나, 알려고 하면 그리 어렵진 않으리라.

“부디 내 축언이 그대에게 힘이 되어 주길 바랍니다.”

축언?

바율이 고개를 갸웃하는 순간, 이명이 울리듯 알레그리아의 목소리가 뇌리에 진동했다.

"슬픔과 고통이 멀어질지니, 그 자리에 기쁨과 열락이 맺히리라."

"실례가 많았습니다. 그럼 이만."

황금색 빛이 번쩍함과 동시에 알레그리아의 신형이 한 순간에 시야에서 사라졌다. 흩날리는 빛무리만 아니었다면 그녀의 존재 자체가 실체였는지 아닌지도 헷갈릴 지경이었다.

느닷없이 나타나 여러 얘기로 혼란을 준 천족, 알레그리아. 그녀로 인해 일행은 한동안 멍하니 선 채 서로를 바라보기만 하였다.

# Chapter 6.
# 대이동

## 1.

알레그리아가 떠나고 얼마 되지 않아 일행을 태운 배가 항구에 도착했다. 다행히 인적이 드물어 바율과 친구들은 곧장 잉그리드를 타고 랑트로 이동했다.

자이아 탄광으로 출발하기 전, 바율은 하루 정도 피로를 풀며 아버지와 함께 시간을 보낼 생각이었다.

기쁨의 신을 만났단 말을 전하면 어떤 반응을 보이실까.

앞으로는 아무리 사소한 일이라도 감추지 않겠다고 아버지와 약속했건만, 그럼에도 망설여진다. 어머니와 바일이 정령계에 살아 있음을 알게 되신 뒤 부쩍 천계의 동향에 예민해지신 까닭이다. 자신 앞에선 티를 내지 않으려 노력하시는 듯하지만, 바율은 느낄 수 있었다.

그나마 위안이 되는 건 적어도 기쁨의 신은 적이 아닌 것 같다는 점이었다. 그녀는 누가 무어라 하기도 전에 먼저 도움을 주고 싶다고 말했고, 심지어 자신에겐 축언까지 내렸다.

그러고 보니 그 축언은 무슨 의미인 거지?

의문이 들자 바율의 고개가 저절로 데스 쪽을 향해 꺾였다. 아무래도 여기서 그에 대해 설명을 해 줄 수 있는 이는 그가 유일해 보였기 때문이다.

"……."

하지만 바율은 왠지 말을 걸기가 껄끄러웠다. 그도 그럴 게 데스의 얼굴은 벌써부터 환희에 젖어 있었다. 랑트에 가까워지면 가까워질수록 기분이 점점 고조에 달하고 있음이 느껴졌다.

무엇 때문인지는 굳이 물을 필요도 없었다. 간간이 입맛까지 다시는 모양새로 보아, 틀림없이 리타가 해 주기로 약속한 고기반찬을 떠올리는 중이리라.

이럴 땐 건드리지 않는 게 상책이었다. 그의 행복한 상상을 방해했다간 두고두고 원망을 들을 게 뻔했다.

기회는 많으니까.

질문을 잠시 나중으로 미룬 바율은 그제야 주변을 좀 둘러보았다. 언제 어느 틈에 예까지 날아왔는지, 저 멀리 랑트가 보이기 시작했다.

"잉그리드의 나는 속도가 전보다 빨라진 것 같은데, 내 착각인가?"

"어? 나도 막 그렇게 생각하던 참인데."

바율의 혼잣말에 라나사가 획 어깨를 틀며 공감을 표했다. 다른 친구들도 동의한다는 양 고개를 끄덕였다. 그러자 에이단이 가슴을 내밀며 자랑스럽게 말했다.

"그걸 이제 알았냐? 게다가 지금 이건 최고 속력도 아니라고. 너희가 놀랄까 봐 자제하는 중이다, 이 말씀이야."

"오, 너만 태울 땐 더 빨리도 날 수 있나 보지?"

"당연하지. 변신수 새끼를 우습게 보지 마라."

"우리가 언제 우습게 본 적 있냐? 아무튼, 이 녀석도 팔불출이라니까."

"그러는 너도 똑같거든?"

일라이의 핀잔에 에이단도 지지 않고 맞섰다.

"내가 뭐?"

"스피넬 얘기만 나오면 입이 헤벌쭉 벌어지잖아. 이사장님은 또 어떻고? 내가 너처럼 요란스러운 아들을 못 봤다!"

"야, 그건…… 예전에 내가 잘못한 것도 있고 하니까 반성하는 차원에서 그런 거지!"

에이단이 맞는 소리만 해 대니 일라이로선 딱히 반박할 거리가 떠오르지 않았다.

그 딴에는 양부인 라예가르를 오해하고 미워했던 시간이 후회스러웠거니와, 죄스러운 마음도 컸다. 그래서 남은 날이라도 더 잘해 보려고 효심을 발휘하는 중이었다.

"그리고 스피넬은 착하잖아! 내가 꼭 레드 드래곤이라서가 아니라, 저렇게 예의 바른 정령 본 적 있냐? 솔직히 너도 이노센트나 템페스타랑 한번 비교를 해 봐. 안 예뻐할 수가 없지!"

"셰임은 왜 빼는데?"

"…셰임은 좀 아니지."

"셰임 같이 착한 정령이 또 어디 있다고 아니래?"

에이단이 어이없다는 듯 되묻자 일라이가 슬쩍 눈을 피하며 입을 열었다.

"부끄러움을 너무 많이 타잖아."

물론 말도 안 되는 핑계였다.

"얘 뭐라니? 그게 대체 무슨 상관인데?"

"내버려 둬. 누가 뭐라든 그냥 스피넬이 제일 좋다는 거니까."

불의 정령인 스피넬이 만약 개차반 같은 성격을 갖고 태어났어도 일라이는 분명 녀석이 최고라고 말했을 것이다.

퀸에게 이노센트가 그런 존재인 것처럼.

"보이지?"

라나사가 힐긋거리는 방향을 따라가 보니 퀸의 입가에 도통 어울리지 않는 다정한 미소가 걸려 있었다. 그런 그의 곁에는 퓌르가 귀여운 꼬리를 흔들며 재롱을 부리는 중이었다.

시선을 좀 더 위로 올리자 뿌듯한 표정을 한 채 나란히 서서 그런 그들을 내려다보는 이노센트와 토파즈가 보였다.

"얘들은 어쩔 수 없어."

불과 물이라는, 어쩌면 핏줄보다 끈끈한 요소로 얽힌 관계였다.

"그러니 쓸데없는 데 시간 낭비하지 말고, 우린 태고의 신물을 찾는 데만 집중하자고."

라나사는 알레그리아와의 만남 이후로 내내 그 생각뿐이었다. 아니, 사실 좀 더 깊이 들어가 보면 이전에 라예가르에게서 기이한 말을 들었던 그날부터였던 것 같다.

"너희 여섯. 너희는 아주 오래도록 함께할 거다."

그 때문인지 라나사는 어떤 사명감을 갖게 되었다. 바율을 도와 정령계를 복원하고, 천족에게서 인간계를 지켜 내야 한다는.

그러려면 무조건 열두 개의 태고의 신물이 있어야 했다. 자연히 온 관심이 그에 쏠릴 수밖에 없었다.

"바율, 그때 그 엘프족 말이야."

"가르디엥 님?"

"어. 태고의 신물을 갖고 오시기로 해 놓고 왜 아직도 연락이 없지?"

"아, 맞아. 세계수에 관해 다른 엘프들과 상의해야 한다면서 급히 떠나셨지, 아마?"

"거의 두 계절이 지난 것 같은데, 여태 아무 소식이 없는 게 좀 이상하긴 하다."

"설마 무슨 일이라도 생긴 걸까?"

"일?"

"천족의 공격을 받았다거나…… 뭐, 그런 거 말이야."

엘프 일족은 아주 오래전부터 정령계와 밀접한 연관이 있던 만큼, 그런 가능성도 아예 배제할 순 없었다.

하지만 현재 엘레오스는 태초의 어둠에 갇혀 있기에 현실적으로 그럴 확률은 적었다.

"쿠우우우!"

친구들이 가르디엥을 걱정하며 이런저런 대화를 나누는 사이, 드디어 랑트가 코앞으로 다가왔다. 잉그리드가 곧 착륙할 거라는 신호를 보내자 에이단이 알겠다며 녀석의 등을 톡톡 두드렸다.

잠시 후 잉그리드가 천천히 고도를 낮췄고, 그에 따라 팔레즈 호텔이 점점 크게 보였다. 호텔의 옥상에 뿌리를 내리고 당당히 자리하고 있는 세계수는 당연히 제일 먼저 눈에 띌 수밖에 없었다.

"세계수다!"

"잘 있었냐, 바일!"

'형!'

이제는 친구들도 세계수를 보며 스스럼없이 바일의 이름을 불렀거늘, 정작 바율은 목이 메어서 입 밖으로 소리가 잘 나오지 않았다.

그래서일까. 지금처럼 친구들이 형을 불러 주면 외려 고마운 마음이 들었다. 어릴 적부터 모든 것을 함께했던 바일이었기에, 이럴 때마다 친구들도 같이 가까워지는 기분이 들어 가슴이 시큰한 한편 알 수 없는 감동이 찾아오곤 했다.

"응?"

"뭐지, 저 아래?"

그때, 일행의 시야에 생소한 모습이 들어왔다.

"내 눈이 잘못되었나? 왜 엘프 같은 사람이 보이지?"

"나도. 심지어 저렇게 많을 리가 없는데."

바율은 물론 친구들도 전부 눈을 비볐다.

처음엔 다들 방금까지 자신들이 엘프에 관한 이야기를 했기 때문에 그와 관련해 헛것이 보이는 거라고 생각했다. 하지만 아무리 눈을 비비고 또 비벼도 제 눈앞에 보이는 장면이 변하진 않았다.

여전히 랑트의 대로 곳곳에는 귀가 뾰족하게 돋은 엘프들이 수를 헤아릴 수조차 없이 많았다.

"이게 무슨 일이래?"

"우리가 인어국에 갔던 사이에 가르디엥 님이 돌아오신 건가?"

"저 많은 엘프를 다 데리고?"

"왜?"

그건 누구보다 바율이 묻고 싶은 말이었다. 대관절 제 영지에서 무슨 일이 일어나고 있는지 알아야 할 필요성을 느꼈다.

"잉그리드!"

마음이 급하기는 친구들도 마찬가지였다. 에이단의 채근 아닌 채근에 잉그리드가 크게 울음을 토하더니, 그대로 지상을 향해 돌진했다.

쿠웅!

녀석이 내려선 곳은 팔레즈 호텔의 옥상이었다.

"이제 오느냐?"

"아버지!"

잉그리드의 울음소리를 듣고 진작에 바율의 귀환을 알아차린 공작이었다. 무사히 돌아온 아들을 보고 공작은 어느 때보다 환한 웃음을 지었다.

"오셨습니까, 도련님."

세계수 아래에서 공작에게 영지 상황에 관한 보고 중이던 사다드가 허리를 숙이며 깍듯하게 예를 올렸다. 그의 옆에는 랑트의 관리소장인 마샬도 함께 있었다. 그녀 역시 반가운 얼굴로 꾸벅 인사하며 바율을 맞았다.

그러나 바율은 현재 그런 인사를 한가롭게 받을 정신이 아니었다.

"엘프족을 봤습니다! 저 많은 엘프들이 랑트에 무슨 일로 모인 겁니까? 혹 제가 없는 동안 무슨 사고라도 있었나요?"

"아닙니다."

"오해하지 마십시오. 랑트는 여전히 무탈하게 잘 운영되고 있습니다."

다급하게 묻는 바율에게 사다드와 마샬이 진정하라는 듯 차분하게 대답했다.

"녀석. 놀란 모양이구나."

란데르트 공작도 처음엔 그랬었다.

엘프는 이미 먼 옛날 홀연히 자취를 감춘 미지의 종족이었다. 가르디엥과의 만남으로 그들이 그럴 수밖에 없었던 사정에 대해서 듣긴 했지만, 그렇다고 한순간 엘프에 대한 면역이 생긴 건 아니었다. 즉, 이처럼 많은 엘프들이 한꺼번에 랑트로 몰려든 경우는 또 다른 얘기라는 뜻이었다.

"혹시 가르디엥 님도 오셨나요?"

"네, 호텔 객실에 머무르고 계십니다."

"안내해 주세요. 가르디엥 님을 빨리 만나야겠습니다."

바율이 서두르자 마샬이 바로 일행을 호텔 내부로 안내했다.

가르디엥은 바율의 집무실과 그리 멀리 않은 곳에서 묵고 있었다.

"어라? 바율 님!"

때마침 볼일이 있어 방을 나서려던 차였는지, 문 앞에 서 있던 가르디엥이 바율을 발견하곤 크게 외쳤다. 하나 놀란 것도 잠시, 그가 한달음에 달려와 격한 포옹으로 반가움을 표출했다.

"언제 오시나 목이 빠지게 기다렸습니다!"

"어떻게 된 겁니까? 밖에서 가르디엥 님과 같은 엘프족들을 봤습니다. 그들과 함께 오신 겁니까?"

"네! 전부 데려왔습니다."

"…전부라니요?"

"전에 말씀드렸죠? 우리 엘프족에게 내려진 임무는 정화의 숲을 지키는 거라고."

"네. 근데 그게 왜……."

"그건 정화의 숲에 세계수가 있었기 때문입니다. 그러니까 정확하게는 숲이 아니라, 세계수를 지키는 것이 엘프족의 일이라는 뜻이죠."

"그럼 설마 지금……."

"네. 족장님과 장로님들께서 상의 끝에 이주를 결정하셨습니다. 앞으로 저희는 세계수와 함께 이곳 랑트에 있겠습니다. 허락해 주시겠습니까?"

저기, 그런 건 먼저 물어보고 난 후에 행동하셔야 하는 거 아닌가요?

바율은 순박한 눈망울을 깜박이며 제게 허락을 구하는 가르디엥을 보고 순간 말문이 막혔다.

이제까지는 그냥 엘프들이 왜 이렇게 몰려든 거지, 하는 의문만 있었다.

그런데 지금 보니 그게 문제가 아니었다.

단순히 랑트에 모인 게 아니라, 그야말로 종족 대이동이었다.

가뜩이나 이 작은 도시에 인구수가 기하급수적으로 늘어나 버린 판국에, 이걸 대체 어떻게 수습해야 할지 막막해지는 바율이었다.

"혹시 태고의 신물은 가져오셨나요?"

그런 바율의 심정을 아는지 모르는지 라나사가 나서며 대뜸 물었다.

"물론입니다."

자신만만한 답변을 내놓음과 동시에 가르디엥이 아직 열려 있는 객실 문 너머를 손으로 가리켰다. 거기엔 커다란 크기의 이름 모를 잎사귀 하나가 영롱한 초록빛을 자랑하며 나풀거리고 있었다.

"…저 이파리가 태고의 신물이라고요?"

지금껏 액세서리, 지팡이, 초, 열쇠, 검 등 다양한 모양의 신물을 보긴 했지만, 식물은 처음이었다.

이러다 나중에는 막 살아 움직이는 것도 신물로 나타나는 게 아닐까, 하고 바율이 홀로 객쩍은 생각을 하는 찰나 가르디엥이 제안했다.

"안으로 들어가서 자세히 한번 보시겠습니까?"

"그럼요! 당연히 그래야죠!"

열성을 다해 대답한 건 라나사였다.

이번에도 그녀가 제일 먼저 앞장섰다. 바율과 친구들, 그리고 란데르트 공작을 비롯한 일행도 신물을 구경하고자 냉큼 그 뒤를 따랐다.

물론 데스는 예외였다. 그는 잉그리드가 착륙하자마자 그 즉시 어디론가 사라졌다. 기실 그의 발길이 향한 곳이 어디일지는 충분히 짐작이 가고도 남았다.

“보십시오. 정화의 숲 면적이 절반 이하로 줄어들고 세계수마저 잃었지만, 벤티아스라팔 님께 직접 하사받은 혼돈의 방패만은 지켜 냈습니다.”

“벤티아스라팔 님이요?”

“아, 전대 바람의 정령왕님이십니다. 그분이 사죄의 의미로 내려 주셨지요.”

“…사죄의 의미라니, 그게 무슨 뜻입니까?”

전대 바람의 정령왕의 이름을 처음 듣는 자리였다. 한데 그걸 곱씹을 사이도 없이 바울은 고개를 갸웃해야만 했다.

“혹시 재앙의 열두 달을 아십니까?”

그거라면 당연히 알고 있다. 바람의 정령왕이 대로하여 장장 열흘간 대륙을 공포로 몰아넣었던 사건.

그때 발생한 태풍으로 인해 망가진 국토를 복구하는 데만 거의 일 년이란 시간이 걸린 탓에 그리 일컬어지고 있었다.

“그러고 보니 그 책, 뭐였더라? 산스카인어로 쓰여 있던 거! 라이, 네가 읽고 해석해 줬었잖아."

"위대한 길을 향한 안내서."

"맞아, 그거! 거기에도 적혀 있었지, 아마?"

로티어스 교수님이 무려 황실 서고에서 몰래 가지고 나오셨다던 서적. 그 내용이 친구들의 머릿속에 새록새록 떠올랐다.

"그걸 보셨다고요?"

로건이 라나사에게 책에 관해 알려 주는 사이, 친구들도 가르디엥에게 대충 설명해 주었다.

"인간 세상에 그 책이 남아 있을 거라곤 상상도 하지 못했습니다. 전부 잊힌 줄만 알았었는데, 아니었군요."

"우리가 본 건 2권이었는데, 덕분에 정령에 대해 조금 더 알 수 있었죠."

그때만 하더라도 아는 게 거의 없었기에 그야말로 가뭄에 단비가 내린 격이었었다.

"그러셨군요. 그럼 제가 달리 더 말씀드릴 건 없겠습니다. 여하튼 이 혼돈의 방패는 그때 얻었습니다."

"그게 신물의 이름인가요?"

아까부터 가르디엥이 반복해서 말하는 게, 아무래도 맞는 듯했다.

크기가 손바닥 서너 개를 합친 것보다 조금 더 컸다. 그

외엔 그저 평범한 모양의 잎사귀였다.

잘 관리해 온 듯 초록빛이 반짝반짝하긴 했지만, 확실히 일개 이파리에는 어울리지 않는 거창한 이름이었다.

"이 신물이야말로 세상의 모든 혼돈으로부터 바율 님을 지켜 드릴 겁니다."

"…저를 지킨다고요?"

"예, 그러니 항시 몸에 지니고 계십시오."

"이걸…… 몸에다 말입니까?"

바율은 저도 모르게 되묻기를 반복했다.

솔직히 무언가를 보호한다기엔 너무 터무니없는 모양이었다. 물론 신물이니만큼 능력이야 의심할 여지는 없을 것이다. 해서 저를 지킨다는 말이야 넘어간다 쳐도, 생김새는 퍽 당황스러웠다.

이렇게 큰 잎사귀를 매번 어떻게 들고 다닐 수 있겠는가. 당장 아카데미 내에서도 그러고 다니면 다들 이상한 눈으로 쳐다볼 게 뻔했다.

"흐음, 혼돈의 방패라. 이름은 되게 멋있네요. 근데 꼭 이 상태로 갖고 있어야 하나요? 그러기엔 좀 불편할 거 같은데."

그런 바율의 심정을 눈치챘는지 어쨌는지 에이단이 물었다.

"라이의 태양의 심장도 처음엔 엄청나게 컸는데, 지금은 이 상태거든요. 이것도 이런 식으로 변형시킬 순 없을까요?"

녀석이 일라이의 손목에 걸려 있는 팔찌를 가리키곤 기대 어린 눈빛으로 가르디엥을 올려다보았다.

"오, 그새 또 다른 신물을 손에 넣으셨군요!"

하지만 새로운 소식에 잠시 반색할 뿐, 그는 이내 안타까운 표정을 지었다.

"유감스럽지만, 혼돈의 방패는 몸에 착용하는 액세서리로 바꾸는 게 불가능합니다. 번거로우시더라도 이대로 지니고 다니시는 방법밖에는 없습니다."

"접는 건요?"

"예?"

"얇아서 잘 접힐 것 같은데, 그건 상관없죠?"

"네, 뭐……."

일라이의 갑작스러운 질문에 가르디엥은 얼결에 고개를 끄덕거렸다.

"라이, 너 설마 신물을 꼬깃꼬깃 접어서 주머니에 넣고 다니라는 거냐?"

"그건 아닌 것 같은데."

"모양새가 좀……."

"내가 너희같이 어설픈 스타일인 줄 알아?"

친구들의 염려에 콧방귀로 응수한 일라이는 신물을 제 앞으로 가져와 탁자 위에 반듯하게 내려놓았다. 그러곤 매우 익숙하면서도 빠른 손길로 탁탁 접었다.

"어떠냐, 내 솜씨가?"

"뭐냐…… 그게?"

"완성한 거 맞아?"

모두를 기대하게 만들더니만, 정작 완성된 모양은 뭔가 이상했다. 전체적으로 사각 형태에, 이파리 끝부분의 한쪽 면만 살짝 튀어나온 형상이었다.

"얘들이 뭘 볼 줄 모르네. 에효, 기대를 한 내가 바보지."

일라이가 쯧쯧 혀를 차며 바울 앞에 서더니, 녀석의 왼쪽 가슴 부근에 있는 주머니에 신물을 찔러 넣었다. 그러자 주머니 밖으로 잎사귀의 둥근 면만이 드러나 보였다.

"이게 바로 포켓스퀘어라는 거다. 이제 좀 알아보겠냐?"

"오, 근사한데?"

"정장 상의에 그렇게 장식하니까 완전히 다른 느낌이야!"

"감쪽같네, 진짜."

"손수건이 아닌 걸로도 저렇게 할 수 있는 거구나."

친구들의 순수한 감탄에 일라이의 어깨가 으쓱했다.

"자고로 패션에도 창의력과 사고가 필요한 법이지. 참고로 이 몸은 그런 센스를 타고났단다, 얘들아."

"쟤 또 시작이다."

오랜만에 찾아온 일라이의 자기 자랑 시간이었다. 바율의 고민이 일시에 해결된 것은 참으로 다행이었지만, 시작하면 꽤 장시간을 붙들려야 했기에 친구들의 얼굴에는 벌써부터 귀찮은 기색이 역력했다.

"가르디엥."

그때 하늘의 도움이었을까.

마침 노크 소리와 함께 손님이 찾아왔다.

"족장님!"

문이 열리고 들어선 이는 척 보기에도 나이가 지긋한 노신사였다. 하얗게 센 머리칼과 길게 뻗은 수염이 인상적인 그는 가르디엥처럼 두 귀가 뾰족하게 솟아 있었다.

"네 녀석이 하도 안 오기에 내가 직접 왔다. 한데 선객이 계셨구나."

"바율 님, 저희 족장님이십니다. 족장님, 이분이 바로 제가 말씀드렸던 바율 님이십니다."

사실 바율이 오기 전, 가르디엥은 막 족장의 처소로 가려던 참이었다.

그가 일행에게 둘러싸여 있던 바율을 족장, 드로이언에게 소개했다. 란데르트 공작과는 이미 인사를 나눈 사이였기에 들어오면서 가벼운 눈짓만 주고받았다.

"안녕하세요. 처음 뵙겠습니다. 저는……."

바율이 말을 마치기도 전이었다. 족장 드로이언은 물론이고, 그를 따라 함께 들어서던 엘프들 전부가 바율을 향해 허리를 깊이 숙이며 정중하게 예를 올렸다.

"위대하고 고귀하신 분께 인사 올립니다. 진즉에 찾아뵈었어야 했는데, 이리 늦은 것을 부디 용서하여 주십시오. 미천하오나, 저는 엘프족을 이끌고 있는 드로이언이라고 합니다."

자신보다 수십 배는 더 살았을 이가 이처럼 낮은 자세로 인사를 해 오니 바율은 난감하기 짝이 없었다. 이런 풍경은 이제 인어국에서 어느 정도 적응했다고 여겼는데, 아무래도 그때뿐이었던 듯하다.

"모두 이쪽으로 잠시 앉는 게 어떠십니까? 바깥 상황에 대해서 상의를 해야 할 것 같거든요."

경험상 이러시지 말라고 하는 건 별 소용이 없는 짓이었다. 이 민망한 상황에서 탈출하려면 화제를 바꾸는 게 가장 좋은 방도임을 바율은 이미 터득했다.

역시나 바율의 청에 드로이언과 엘프들은 서둘러 소파에

착석했다. 친구들은 나중에 보자며 방에서 빠져나갔고, 란데르트 공작과 사다드, 이언, 마샬만이 함께 남았다.

"아시는지 모르겠지만, 랑트는 개발한 지 얼마 안 되는 신생 도시입니다. 그렇다 보니 규모가 작은 편이죠. 게다가 지금은 여름이라서 그나마 이 정도이지, 겨울이 되면 도시 전체가 눈으로 하얗게 뒤덮이는 곳입니다."

정화의 숲은 열대 우림 지역에 속한다고 들었다. 그러니 평생을 거기서 살았다면 추위엔 약할 수밖에 없으리라.

"바율 님께서 무엇을 걱정하고 계실지 충분히 이해합니다. 그렇지만 그 점은 저희도 충분히 각오하고 온 바이니 괘념치 마십시오. 엘프족은 그리 약하지 않답니다."

"추위만이 문제가 아닙니다. 북부는 남부와 달리 땅도 매우 척박해서 나무와 풀들이 잘 자라지 않습니다. 엘프는 숲의 종족이라고도 불리지 않습니까?"

기본적으로 엘프는 숲에서 살아가는 일족이었다. 인어족이 물을 떠날 수 없는 것처럼 말이다. 아무리 세계수가 있다고는 하나, 그 하나로는 역부족일 터였다.

"안 그래도 그에 대해 바율 님께 여쭙고 싶은 게 있었습니다. 혹 저희가 이곳에 작은 숲을 하나 조성해도 되겠습니까?"

"…예? 무엇을 어쩌신다고요?"

"바울 님께서 안 계신 동안 랑트 지역을 조사해 보았습니다. 호텔을 중심으로 도시가 잘 형성되어 있는 것을 빼면, 외곽 지대는 전부 험준한 바위들뿐이더군요."

"그런 지역적 특성 때문에 랑트가 돌 공예로 유명하기도 합니다."

"그렇군요. 만약 저희가 피해를 주는 게 아니라면 서쪽 지대를 산림 구역으로 만들면 어떨까 하는데요."

"…그게 가능하시다는 뜻입니까?"

엘프가 나무와 풀의 힘을 사용할 수 있다는 건 가르디엥을 통해 이미 알고 있었다. 하지만 거기에도 한계는 있는 법이다.

설마 나무 한 그루도 아닌, 숲을 만들 수 있는 능력이 그들에게 있단 말인가?

"이전이라면 불가능했겠지요."

돌연 드로이언의 시선이 객실 내부를 가로지르는 세계수의 뿌리에 가 닿았다. 그러고 보니 가르디엥은 호텔의 수많은 방 중에서도 세계수의 뿌리가 존재하는 곳에 머물고 있었다.

"세계수는 모든 생명의 근원. 그런 만큼 그 힘이 직접 와 닿는 여기에서라면 가능합니다."

"거기에 셰임 님이 도와주신다면 훨씬 수월할 겁니다."

유일하게 땅의 정령을 본 적이 있는 가르디엥이 기다렸다는 듯 덧붙였다. 그러자 마치 짜기라도 한 양 사다드와 마샬도 차례대로 입을 열었다.

"족장님 말씀대로만 된다면 저희 입장에서도 나쁠 건 없습니다. 오히려 입소문이 퍼져 관광객이 더욱 몰려들겠지요. 관광 도시로써 한층 더 발돋움할 기회입니다."

"맞습니다. 더불어 숲이 조성된다면 랑트의 척박한 환경도 개선될 테고, 그에 따른 일자리 창조 및 기타 부가 산업도 늘어날 것으로 보입니다. 엘프들의 거처를 따로 마련하지 않아도 된다는 게 가장 큰 장점이라 사료됩니다."

"…이미 제가 오기 전에 다 생각들을 정리하고 계셨네요."

"조금 전 공작 전하께 먼저 보고드렸던 내용입니다."

"그런 줄도 모르고 제가 괜한 걱정을 했습니다. 진작 좀 얘기해 주시지."

"그럴 틈이 없지 않았느냐."

아들의 원망 섞인 발언에 란데르트 공작은 어쩐지 변명조로 말했다. 기실 그 말대로, 옥상에 내려서자마자 가르디엥을 만나러 가겠다고 다급하게 뛰어왔기에 바율로서도 할 말은 없었다.

게다가 놀란 건 사실이지만, 엘프족과의 공생은 바율이

생각하기에도 나쁘지 않았다. 아니, 괜찮은 발상이었다. 천계와의 전쟁을 앞둔 시점에서 세를 불리는 것은 무엇보다 중요했다.

"좋습니다. 그렇게 하십시오."

결국 바율의 입에서 허락이 떨어졌다.

"고맙습니다! 곁에서 성심을 다해 모시겠습니다!"

아무런 언질도 없이 무작정 이사를 감행할 때는 언제고, 드로이언과 가르디엥이 안도의 숨을 내쉬며 연신 감사를 표했다.

개강하면 또 한동안 이 일로 시끄럽겠구나.

신비의 종족이라 불리는 엘프족이 랑트에 자리 잡았다는 소문은 이제 삽시간에 대륙 전체로 퍼질 터였다.

이왕지사 이렇게 된 거, 바율은 계획을 좀 더 앞당기기로 했다.

"가르디엥 님."

"네, 바율 님."

"전에 말씀하셨던 천족의 약점 말입니다. 본격적으로 준비해야 할 것 같은데, 도와주시겠습니까?"

"물론입니다. 맡겨만 주십시오."

정령계가 어째서 멸망하게 되었는지, 그로 인해 인간계가 얼마나 많은 피해를 입었는지, 그 모든 것이 어디서 기이한 것인지 등. 이제는 하나하나 세상에 알려야 할 때였다.

천계와의 전쟁이 눈앞으로 한 걸음 더 성큼 다가오고 있었다.

# Chapter 7.
# 자이아의 실체

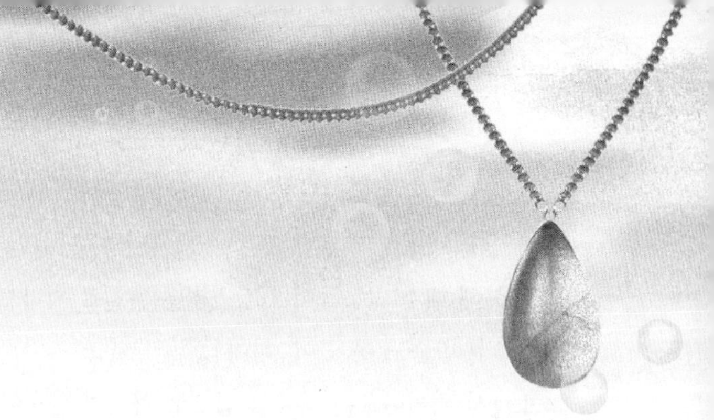

# 1.

랑트에서 하루 정도 푹 쉴 생각이었던 바율의 계획은 야무진 꿈에 불과했다. 엘프들의 거처 문제를 해결하고 나니 밀린 서류 더미가 마치 해일처럼 그를 덮쳐 왔다.

랑트가 점점 제대로 된 도시의 모습을 갖춰 갈수록 그에 비례해 바율의 일거리도 더 많아졌다. 그나마 사대 정령들이 도시 정비에 발 벗고 나서 줘서 이 정도이지, 아니었다면 며칠 밤을 새도 모자랐을 터였다.

"하암."

"바율, 어제 몇 시에 잤기에 그렇게 피곤해해?"

"눈을 조금이라도 붙이긴 한 거냐?"

일행은 현재 잉그리드를 타고 자이아 탄광으로 날아가는 중이었다. 아침부터 내내 표정이 멍하던 바율이 쉴 새 없이 하품을 해 대자 친구들이 걱정스러운 눈길로 쳐다보았다.

"아니. 한숨도 못 잤어. 하아암."

또다시 튀어나오는 하품을 입으로 가리며 바율이 어깨를 축 늘어뜨렸다.

"다 끝내고 나니까 벌써 해가 떠 있더라고."

"그때라도 좀 자지 그랬어."

"그래도 아버지께서 아침 식사는 꼭 같이했으면 하는 기색이셔서."

바쁜 와중에도 바율은 세계수 아래에서 아버지와 둘만의 시간을 가졌다. 그로서는 랑트로 돌아온 이후 가장 행복했던 순간이었다.

그때 인어국에서 겪은 온갖 사건들을 비롯해 기쁨의 신을 만났던 일도 말씀드렸다. 물론 이노센트에게 새로 생긴 부하들을 소개하는 것도 잊지 않았다.

천족 얘기에 인상을 잔뜩 굳히셨던 아버지는 물의 정령왕이 된 이노센트를 보곤 무척이나 좋아하셨다. 곧 어머니와 바일을 만날 수 있을 거란 기대감이 드신 것이다.

"너도 참 너다. 적당히 좀 하다가 그냥 자면 되지, 미련하게 날까지 새면서 그걸 다 해치우냐? 가만 보면 얘는 요령이 너무 없다니까."

"미련한 게 아니라 책임감이 강한 거지. 라이, 너는 무슨 말을 그렇게 하니?"

"그래, 말이 좀 심하네."

라나사의 질책에 에이단이 고개를 끄덕이며 합세했다.

"바율, 내 어깨에 기대서 좀 자. 도착할 때쯤 되면 깨워 줄게."

"그러는 게 낫겠다."

퀸은 다정한 말투로 바율에게 제 어깨를 내어 줬고, 로건은 좀 더 편하게 기대라는 듯 약간 뒤로 물러나 앉았다.

그런 다음 둘은 마치 약속이라도 한 양 일라이를 향해 눈을 흘겼다.

"와, 너희들 진짜 웃긴다. 나도 이 녀석이 염려돼서 한 소리거든?"

"미련하다는 말은 뺐어야지."

"맞아."

"가뜩이나 피곤한 애한테."

"야, 퀸이랑 로건은 그렇다 치자. 저 녀석들은 원래 바율이라면 싸고돌기 바쁘니까. 근데, 에이단 넌 뭐냐? 라나사 너도 그렇고. 너희 둘이 언제부터 바율을 그렇게 챙겼는데?"

친구들에게 단체로 맹공격(?)을 받게 되자 일라이는 기묘한 억울함이 들었다. 학기 초부터 누구보다 열심히 바율을 챙긴 인물이 바로 본인이라고 자부할 수 있었기 때문이다.

한데 괜히 말 한 번 잘못 했다가 아침부터 열이 확 치솟았다.

"노예 시장에서 바율을 만난 순간부터?"

"뭐?"

"언제부터 바율을 챙겼냐며. 그때부터 나 바율에게 엄청나게 잘해 주고 있는데?"

"나는 이 녀석이랑 마차에서 처음 만난 순간부터. 우리 잉그리드가 첫눈에 마음에 들어 했거든."

라나사와 에이단의 막힘없는 대답에 일라이는 되레 말문이 턱 막혔다. 졸지에 저만 나쁜 놈이 된 것 같아서 기분이 뭐 같았다.

평소엔 이쯤 되면 바율이 나서서 중재를 해 주곤 했는데, 녀석은 어느새 퀸의 어깨에 머리를 대고 쿨쿨 자고 있었다. 피곤하기는 피곤했던 모양이다.

"어이, 꼬맹이."

구석에서 음침한 기운을 풀풀 풍기던 데스가 입을 연 것은 그때였다.

"시끄러우니까 조용히 좀 하지?"

"내가 뭘 그렇게 떠들었다고? 여태 잠잠히 있다가 이제 막 한 마디 꺼낸 건데."

"그래서, 더 하겠다는 건가?"

길게 내려온 데스의 앞머리 사이로 붉은빛이 일렁거렸다. 그의 검은 눈동자가 그런 식으로 반짝이는 건 매우 좋지 않은 징조라는 것을 이제는 일행 모두가 알고 있었다.

참고로 데스는 지금 기분이 몹시 좋지 않았다.

인어국에서부터 '삼시 세끼 고기반찬'을 외쳐 대던 그는 바람대로 고기를 마음껏 배불리 먹을 수 있었다. 문제는 그것이 어제 하루로 끝났다는 점이었다.

"데스 씨, 이번에도 우리 도련님 잘 부탁해요."

인어국의 일만 마치면 고기와 함께하는 행복한 나날이 이어지리라 생각했던 데스에게 리타의 말은 청천벽력과도 같았다.

자이아인지 뭔지 그곳으로 갈 생각은 눈곱만큼도 없었거늘, 비밀 호위 기사란 거추장스러운 이름이 그의 발목을 잡았다.

정작 바율은 이제 기사단이 떼로 덤벼도 홀로 가볍게 처리할 수 있는 수준이건만, 일평생을 오로지 도련님 걱정뿐인 리타에겐 하나 마나 한 소리였다.

해서 데스는 환한 웃음으로 저를 배웅하는 수하 셋을 살기 어린 눈빛으로 노려봐 주고, 이처럼 잉그리드에 탑승하게 된 것이다.

당연히 일라이의 짱알거림이 오늘따라 유난히 더 거슬릴 수밖에 없었다.

"이러다 란데르트 백작님께서 깨시겠습니다. 이 속도라면 곧 자이아 탄광촌에 당도할 것 같은데, 그때까지만이라도 고이 주무시게 두는 게 어떨까요."

일라이와 데스 간에 미묘한 기류가 오가는 순간, 다행히 중재자가 나타났다. 바로 맥 보좌관이었다.

그러잖아도 바율의 컨디션을 살피고 있던 그가 잠든 상관을 콕 찍어 가리키며 조용히 해 주기를 요청했다.

간곡하면서도 단호한 그 어조에 서로를 쏘아보던 일라이와 데스는 결국 입술을 삐쭉이며 각자의 정면을 응시했다.

"삐쳤냐?"

그제야 불퉁한 표정의 일라이가 신경 쓰인 듯, 에이단이 장난스럽게 팔로 툭 쳤다. 그러자 일라이가 사납게 눈을 치켜뜨며 입 모양으로 말했다.

'건. 드. 리. 지. 마.'

뚝뚝 끊어서 얘기하는 모습이, 아무래도 삐친 게 확실했다.

어떡하지?

에이단이 슬쩍 라나사를 향해 눈으로 묻자, 그녀가 녀석의 귀에 대고 속닥였다.

"지금은 그냥 두자. 어차피 자이아에 도착하면 기분 풀리겠지."

백 년이 넘도록 불이 꺼지지 않아 많은 이들이 고통 속에 살아가는 곳, 자이아. 누군가에겐 끔찍하겠지만, 적어도 레드 드래곤인 일라이에게만큼은 더없이 쾌적한 환경이었다.

용암에 들어가 반신욕을 하는 녀석이니 그곳의 열기가 성에 찰지 어떨지는 모르겠지만, 필시 싫어하지는 않으리라.

"이번에도 임무를 무사히 마칠 수 있겠지?"

"그럼. 여태 다 잘했잖아."

"바율이라면 거뜬하게 해낼 거야."

퀸에게 기댄 채 곤히 잠든 바율을 바라보는 친구들의 얼굴에선 어쩐지 전보다 확고해진 믿음이 엿보였다.

이제껏 위기가 앞길을 가로막을 때마다 슬기롭게 잘 대처해 왔다. 게다가 일행 중에는 레드 드래곤인 일라이와 불의 상급 정령인 스피넬도 있으니 큰 어려움은 없을 거라고 다들 막연히 생각한 것이다.

그러나 얼마 후, 막상 자이아가 시야에 들어오자 그런 확신은 깡그리 사라졌다. 그리고 모두의 얼굴엔 경악이 서렸다.

"뭐, 뭐냐, 저게?"

코를 찌르는 매캐한 냄새는 아무것도 아니었다. 일대 전체가 흡사 먹구름이라도 낀 듯 검은 연기로 뒤덮여 있었다.

쾅! 콰쾅!

거기에 불규칙하게 들려오는 굉음. 그에 맞춰 곳곳에서 화염이 불타올랐다.

"여기에서…… 진짜 이런 곳에서 사람이 산다고?"

"그게 말이 돼?"

"전쟁터도 이보다는 나을 거 같군."

하늘에서 내려다보는 자이아는 그야말로 지옥이나 다름없었다. 일전에 블레이크 교수님께서 해 주신 말씀만 아니었다면 아무도 살지 않는 버려진 땅이라고 단정 짓고도 남을 만했다.

이건 정말이지, 상상 그 이상이었다.

수많은 제국민들의 겨울나기를 책임지는 지역에서, 막상 그 중한 일을 하는 이들은 보호받지 못하고 있었다.

아무렴 전해 듣는 것과 실제로 보는 데 차이가 있다지만, 이건 정도가 심했다. 형용하기 어려운 감정이 북받쳐 바율은 한동안 아무 말도 할 수가 없었다.

잠은 진즉에 달아났다. 너무나 충격적인 광경에 피곤함을 느낄 새도 없었다.

"맥 보좌관님."

"예, 란데르트 백작님."

"여긴 누구의 영지입니까?"

미처 시간이 없어 미리 물어보지 못했다.

자연재해를 해결하러 가는 곳마다 불순한 무리가 판을 치고 있었다. 이곳 역시 그러한 상황일지도 몰랐다. 바율은 저도 모르게 주먹을 그러쥐었다.

뛰어난 보좌관답게 맥은 막힘없이 답했다.

"총 세 가문입니다."

"셋이요?"

"네, 워낙에 광활한 땅이다 보니 아주 오래전부터 세 가문에서 구역을 나눠 관리해 왔습니다."

"각각 어느 가문입니까?"

"룩소, 호메이르, 마젤란. 전부 남작가입니다. 세 가문 다 앞가림하기 바빠 중앙 정계에는 진출도 하지 못한 상태입니다."

"하긴, 그도 그렇겠네요. 백 년이 넘도록 제 영지의 불도 못 끄는 판국에 뭘 할 수 있겠습니까."

"비록 지금은 이 지경이지만, 그전까지만 해도 세 가문 모두 제국에서 손꼽히는 부호들이었다고 합니다."

"과거의 영화를 잊기 힘들었을 텐데, 영지를 떠나지 않은 게 용하네요."

"그러기엔 탄전에 매장된 광물의 양이 어마어마하니까요."

백 년이 넘게 타오르는 불이 꺼지지 못하는 이유 역시 그 때문이었다. 타고 또 타도 없어지지 않는 자원의 보고.

버릴 수도, 그렇다고 누구에게 줄 수도 없는 계륵인 셈이다. 언젠가 이 불이 꺼진다면 지난날의 부귀영화를 다시 누릴 수 있을 테니 말이다.

"그러고 보니 호메이르란 이름이 왠지 낯이 익습니다. 안면은 없는 듯한데……."

"아, 그렇다면 아마 편지 봉투를 보신 걸 겁니다."

"편지 봉투요?"

"예. 그는 백작님께 수십 통의 서찰을 보낸 인물입니다. 다만 그간은 제가 검수한 후 따로 보관해 두었었습니다."

"그러니까, 그동안 호메이르 남작이 제게 자이아의 불을 꺼 달라고 수차례 서찰을 보냈었다는 말씀인가요?"

"네."

자이아의 불을 누구보다 꺼뜨리고 싶어 한 바울이지만, 이제까지는 그럴 힘이 부족했다. 보좌관인 맥은 그걸 누구보다 잘 알고 있었다. 해서 주인의 심기를 불편하게 만들고 싶지 않아 부러 전하지 않은 것이다.

아마 바울이 본 건 그런 과정에서 쌓여 있는 우편물이나 정리해 둔 기록일 터였다.

"근데 이상하네."

"뭐가?"

일라이의 뜬금없는 발언에 친구들의 시선이 그에게 모였다.

"세 가문이 나누어서 다스리는 곳이라며. 근데 왜 호메이르 남작만 도와 달래?"

"그야…… 다른 사람들도 서신을 보냈었겠지. 그거까지는 바울이 못 본 게 아닐까?"

에이단의 대수롭지 않은 대꾸에 다들 그렇겠거니 하고 고개를 주억이는데, 정작 맥 보좌관에게서 흘러나온 건 예상과는 다른 말이었다.

"룩소 남작과 마젤란 남작에게선 아무 연락도 없었습니다."

"정말요?"

"아니, 왜요?"

"나 같으면 당장 좀 와서 해결해 달라고 애걸복걸할 텐데?"

"글쎄요. 이제 그걸 알아보러 가야 하지 않겠습니까?"

맥 보좌관의 모호한 답변은 바율에게 그 이유를 어느 정도 짐작 가능케 했다.

어쩌면 이번에도 특무 대신으로서의 막강한 권한을 사용하게 될지도 모르겠다고 바율은 맘속으로 생각했다.

"일단 내려가자."

낮게 가라앉은 바율의 음성에 에이단은 말없이 잉그리드에게 신호를 보냈다. 그러자 곧 녀석의 날갯짓이 멈추더니, 지상을 향해 빠른 속도로 낙하했다.

"냄새가 너무 심한데?"

"저쪽은 연기 때문에 아예 보이지도 않아."

"밑에서 올라오는 열기가 장난이 아니야. 숨이 턱턱 막혀."

"벌써 땀이 막 쏟아진다."

하늘에서 내려다본 것은 맛보기에 불과했다. 실제로 땅에 발을 딛고 내려서자 현실은 더욱 참혹했다.

그들이 착륙한 곳은 상대적으로 양호한 편에 속하는 지대인데도, 마족인 데스조차 인상을 찌푸린 채 주위를 둘러

볼 정도였다. 레드 드래곤인 일라이만이 유일하게 평온한 기색이었다.

하지만 녀석의 속내도 좋지 않기는 매한가지였다. 그에겐 하등 문제가 될 것 없는 환경이었지만, 이곳을 살아가는 건 다름 아닌 인간이었다.

양부에게서 벗어나기 위해 인간 행세를 하며 지난 몇 년을 지내 왔다. 그런 그가 아는 한, 인간들은 절대 이런 곳에서 생존할 수 없었다.

"콜록콜록!"

숨을 최대한 참았다가 천천히 내쉬기를 반복하던 맥 보좌관이 결국 못 참겠다는 양 기침을 해 댔다. 이언이 재빨리 손수건을 꺼내 내밀었지만, 이미 맥의 얼굴은 벌게진 상태였다.

쑤아앙!

그때, 별안간 일행을 중심으로 강풍이 몰아쳤다. 그러자 냄새는 물론, 근처를 뒤덮고 있던 연기까지 일시에 싹 날아갔다.

하지만 그것은 아주 잠시일 뿐, 이내 지표면 곳곳에서 다시 연기가 스멀스멀 새어 나왔다. 매캐한 냄새 또한 마찬가지였다.

"바람 한 번으로는 해결이 안 되는 수준이네."

홀로 중얼거리던 바율은 하는 수 없다는 듯 템페스타에게 부탁했다.

"템페스타, 이 냄새랑 연기가 우리에게 닿지 않게 해 줄 수 있을까?"

"그거야 문제없지."

그 정도는 아무것도 아니라는 듯 자신만만하게 어깨를 으쓱인 템페스타가 손을 한 번 휘저었다. 그러자 눈에 보이진 않지만, 무언가 주변을 감쌌다는 것이 직감적으로 느껴졌다. 일행을 괴롭히던 독한 냄새가 그 순간 거짓말처럼 사라졌다.

"그리고 바율, 내가 한 바퀴 쭉 돌고 왔는데 저쪽에 사람들이 몰려 있었어."

안 그래도 바율 역시 템페스타가 가리키는 방향 쪽에서 기척을 느끼던 참이었다. 바율은 지체하지 않고 빠르게 발길을 옮겼다.

템페스타 덕분에 일행은 이동하면서도 호흡하는 데 별 무리가 없었다. 다만 바람에 연기가 날아가 가시거리가 길어진 탓에 자이아의 실태가 고스란히 눈에 들어왔다.

언제 대폭발이 일어날지 모르는, 화약고나 다름없는 곳.

자이아 탄광을 한마디로 정의하면 그런 위험천만한 지역이었다. 아직까지 잿더미가 되지 않은 게 신기할 지경이었다.

콰앙!

별안간 땅이 흔들리며 폭발음이 들린 건 그때였다. 진동으로 보아 분명 여기에서 멀지 않았다. 일행은 누가 먼저랄 것 없이 소리가 난 쪽을 향해 달렸다.

"으아아앙!"

"엄마아!"

"아버지이!"

일대는 그야말로 아수라장이었다. 땅 아래에서 마치 분수처럼 거대한 불길이 치솟아 활활 타올랐다.

뿐인가. 싸라기 같은 불티마저 사방팔방으로 어지러이 흩날렸다.

문제는 지대를 꽉 메우고 있는 천막이었다. 원래의 모양과 색이 어땠는지 짐작하기조차 어려운 낡은 천. 그 조각들을 엮어 만든 허름한 천막 수백 개가 다닥다닥 줄지어 붙어 있었다.

화마는 그 한복판에서 일어났다. 불길은 당연히 삽시간에 번졌고, 천막 아래에서 쉬거나 잠들어 있던 이들을 덮쳤다.

밖에 있던 사람들은 대부분 무사했지만, 제각기 미처 빠져나오지 못한 가족들의 이름을 외치며 울부짖고 있었다. 몇몇은 두려움도 잊은 채 천막으로 뛰어들려 했다.

"스피넬!"

잠시 황망함에 넋을 놓고 있던 바율은 퍼뜩 정신을 차리곤 고함이라도 지르듯 스피넬을 찾았다.

그에 바율 곁에서 평소보다 거세진 불꽃을 내뿜고 있던 스피넬이 번개처럼 쏘아져 나갔다. 바율이 원하는 바가 무엇인지 굳이 말하지 않아도 알 수 있었다.

그녀가 멈춰 선 곳은 불길의 정중앙.

평범한 사람이었다면 바로 전신이 녹아 없어져 흔적도 남기지 않을 위치였다.

하지만 불의 상급 정령인 스피넬에겐 더없이 아늑하고 편안한 장소였다.

스피넬은 화마 속에서 더욱 선명하게 빛이 났다. 그녀가 눈을 한 번 감았다가 뜨자 불길이 빠른 속도로 가라앉았다. 그것들은 스피넬의 몸속으로 빨려 들어가듯 흡수되고 있었다.

처음엔 화재를 피해 우왕좌왕하느라 일행이 나타난 것도 모르던 사람들이었지만, 어느 순간 문득 이상함을 감지하고 머뭇거리기 시작했다.

"불이 줄어들고 있어!"

"이, 이게 대체 무슨……?"

그들은 하나같이 믿을 수 없다는 눈빛을 하고 있었다.

그럴 만도 한 게, 이미 이곳에서 살면서 불이라면 지긋지긋하게 봐 왔기 때문이다.

지금 상태라면 주위의 연료를 다 태우며 더욱 큰 화재로 번지는 수순이 일반적이었다.

혹여 행운의 여신이 비를 내려 준다면 불길이 약해지는 게 가능하긴 했으나, 그런 경우에도 뜨거운 수증기가 자욱하게 생겨날 것이다.

식수를 확보할 기회이니 그 편이 낫기는 하다만, 행운이란 그리 쉽게 오지 않는 법이었다.

한데 현재 눈앞에서 벌어지는 광경은 행운의 수준을 훌쩍 뛰어넘고 있었다. 솟구치던 화마가 한순간에 흔적도 없이 소멸했다. 흡사 원래 있어야 할 제자리로 돌아가기라도 한 듯.

난생처음 목격하는 기괴한 장면이었다.

쏴아아아!

믿지 못할 일은 계속해서 일어났다. 때마침 마른하늘에서 갑자기 비가 쏟아지더니, 뜨거워진 대기의 열기를 식히기 시작한 것이다. 기이하게도 수증기는 생기지 않았다.

타다닥! 타다닥!

대신 비어 있던 식수통에 빗물이 채워지는 소리가 일대에 울려 퍼졌다.

직접 보면서도 믿지 못할 상황. 그게 눈앞에서 실제로 벌어지다 보니 사람들은 선뜻 움직일 생각을 하지 못했다.

누군가는 이 순간을 꿈이라 여겼고, 다른 누군가는 이미 자신이 죽어 저세상에 온 것이라 착각했다. 그만큼 작금의 현실이 사실이라는 걸 순순히 받아들이기가 어려웠다.

방금까지 난리 통이었던 곳에 기기묘묘한 적막이 감돌았다.

"혹시 부상자는 없으십니까?"

바율의 목소리가 그 적막을 뚫고 사람들의 귀를 파고들었다.

"누, 누구십니까?"

척 보기에도 귀한 신분이라는 게 팍팍 티가 나는 일행이었다. 이런 누추한 장소에는 결코 어울리지 않는 행색이었다.

괜히 겁을 먹고 물러서는 자들이 있는가 하면 쭈뼛거리며 조심스레 다가오는 무리도 있었다.

뜻하지 않은 방문객에 놀라긴 했지만, 일행의 선한 인상은 어쩐지 기대감을 불러일으켰다.

"저는 바율 로마노프 혼 란데르트입니다. 폐하의 명을 받고 자이아의 불을 끄고자 이곳을 찾았습니다."

"라, 란데르트?"

“하면 설마 그 말로만 듣던 정령사님이란 말씀입니까?”

“란데르트 공작 전하의 아드님이신……!”

“네, 맞습니다. 다치신 분은 없으신가요?”

바율의 대답이 들려오자마자 여기저기서 비명이 속출했다. 덕분에 뒤의 질문은 소란 속에 묻혔다.

“저분이 뉘시라고?”

“그 황도에 비를 내리셨다는 정령사!”

“우리 제국의 살아 있는 전설이신 란데르트 공작 전하의 아드님! 바로 그분이라고!”

“세상에나! 이번엔 우리를 구하러 오신 거구먼!”

몰려든 사람들의 입을 타고 타서 일행의 정체가 금세 퍼졌다. 그러자 대다수 사람들이 그 분위기에 휩쓸려 바율을 찬양하는 데 동참했다.

그들에게 바율은 오랜 기간 지속된 지옥을 끝내러 와 준 영웅이었다. 거의 신이라 불러도 무방한 존재일 것이다.

바율이 아직 무언가를 제대로 시작하지도 않았건만, 사람들은 그가 이제라도 와 주었다는 사실에 감격하며 흥분했다.

“진작 좀 올 걸 그랬나.”

그 모습을 보고 있으니 짠한 마음이 안 들 수가 없었다. 이전까지는 그럴 능력이 없었다는 걸 누구보다 잘 알면서도, 바율과 친구들은 안타까움과 왠지 모를 미안한 감정을 동시에 느꼈다.

"…근데, 저기 저분들 말이야. 신발을 신지 않은 사람이 태반이야."

처음엔 미처 알지 못했다. 로건의 말에 그제야 사람들의 다리를 살펴본 일행은 검게 그을린 발을 발견하고 잠시 할 말을 잃었다. 노인이며 어른, 아이 할 것 없이 맨발투성이였다.

"안색들도 좋지 않아."

기뻐서 환호하고 있는 얼굴 역시 거무튀튀했고, 눈빛은 흐렸다. 지저분한 몰골은 걱정할 거리도 되지 못했다.

하긴 공기며 토양, 식수 등 인간이 사는 데 필요한 모든 것이 오염된 공간이었다. 그런데도 아무 탈 없이 건강하다면 외려 그게 더 이상했다.

"당장 여기 불을 꺼뜨린다고 해도, 저 사람들은 어떡하냐."

"치료를 해야 할 것 같은데……."

"이 많은 사람을 전부 치료하려면 사제가 대체 몇 명이나 있어야 할까?"

심지어 지금 여긴 자이아의 극히 일부분일 뿐이었다. 영주가 셋이나 있어야 할 정도로 넓은 땅덩이니만큼, 이와 같은 자들이 셀 수조차 없이 많을 게 뻔했다.

막상 도착하니 불을 꺼뜨리는 일보다 더 시급한 문제들이 기다리고 있었다.

"맥 보좌관님."

한참을 말없이 생각에 잠겨 있던 바율이 불쑥 맥을 향해 돌아섰다.

"아무래도 이곳에 신전을 세워야 할 것 같습니다."

"…신전이요?"

"네, 만약 여기 아직 없다면요."

"제가 알기로는 딱히 없습니다. 가끔 사제들이 봉사를 하러 오는 정도입니다."

바율의 밑도 끝도 없는 발언에 어리둥절하면서도 맥은 아는 대로 답했다.

"데스, 도와주실 거죠?"

"내가?"

별안간에 지목당한 데스 또한 영문을 모르기는 똑같았다.

"절망의 신전이 필요합니다."

"네가 언제 신전 지을 때 내 허락받고 지었어? 랑트에도 맘대로 해 놓곤 묻기는 왜 물어?"

"이번에는 좀 다릅니다. 치료할 사람이 많잖아요."

"그러니까 그걸 왜…… 가만, 너 설마?"

강 건너 불구경하듯 삐딱하게 서 있던 데스가 돌연 허리를 빳빳하게 세웠다.

"여기에 리타를 데려올 생각인 건 아니지? 그치?"

데스의 무한한 신뢰 속에서 괴물 같은 치료 능력을 갖게 된 리타였다. 녀석이야말로 현재 자이아에 가장 필요한 인재였다.

"리타 말고 다른 대안 있습니까?"

"리타는 아직 제 능력도 모른다고! 너도 그 녀석이 충격받을까 봐 여태 감춰 왔으면서 갑자기 왜 이래?"

리타는 지금처럼 쭉 그냥 제자리에 있어 주었으면 하는 게 데스의 바람이었다. 그래야 맘 편히 맛있는 음식을 먹을 수 있을 테니 말이다. 최대한 빨리 돌아갈 궁리만 하고 있던 그였거늘, 난데없이 바율이 해괴망측한 소리를 늘어놓고 있었다.

"그래, 바율. 리타가 몰랐으면 좋겠다고 했잖아."

"받아들이기 힘들 수도 있지 않을까?"

"리타 성격에 금방 이겨 낼 것 같긴 하다만……."

리타를 아는 친구들은 괜찮을 것 같다고 생각하면서도, 마음 한편엔 어쩔 수 없는 염려가 자리했다.

"아버지와 얘기해 봤는데, 언제까지 감출 수는 없을 것 같더라고. 상처를 치료한다는 건 굉장한 능력이잖아. 처음에야 놀라긴 하겠지만, 그래도 그걸 환자들을 위해 사용하면 리타도 뿌듯해할 거야. 잔정이 많은 아이니까."

행여나 그런 리타를 이용하려는 이들이 나타난다고 해도 이제는 바율이 나서 해결할 자신도 있었다. 물론 아버지의 입김이면 애초에 그럴 엄두조차 내지 못할 터였고.

"그리고 천계에 대항하려면 마신의 세력을 늘려야 하잖아. 그 시작이 여기 자이아가 될 거야."

만천하에 천계의 만행을 알리기로 이미 결정했다. 그런 시국에 자이아의 일이 전해진다면 마신의 위상은 반대로 드높여질 것이다.

바야흐로 반격의 서막이었다.

# Chapter 8.
# 소년 영주, 호메이르

## 1.

"여기 책임자를 만나고 싶은데, 어디로 가면 되겠습니까?"

모여든 사람들이 어느 정도 진정한 듯하자 맥 보좌관이 나서서 물었다. 화재 진압이 최우선 과제이긴 하나, 나라의 녹을 받고 특무 대신으로서 행하는 일인 만큼 행정적인 절차 또한 무시할 수 없었다.

"오늘 영주님께선 회의에 참석하러 가셨습니다."

"회의요?"

"네, 세 가문이 정기적으로 모여 대책을 논의하는 날이거든요."

"그래서 얼마나 다행인지 모릅니다! 여기 계셨다가 혹 부상이라도 입으셨으면 큰일이니까요!"

"어휴! 그래선 안 되지!"

"필시 계셨다면 한 사람이라도 더 살리겠다고 당장 불구덩이 속으로 뛰어드셨을 게야!"

"암, 그러고도 남을 분이시지!"

갑자기 사람들이 너도나도 앞다투어 칭찬을 늘어놓았다. 이런 환경에서도 본인들보다 영주를 더 걱정할 수 있다는 게 바율과 친구들에겐 퍽 인상적이었다.

"지금 말씀들 하시는 분이 호메이르 남작님이 맞습니까?"

"예, 맞고말고요!"

"저희 영주님은 말이죠. 비록 나이는 조금 어리시지만, 진심으로 저희를 아끼고 챙겨 주시는 아주 훌륭하신 분입니다!"

"그럼, 그럼! 우리 같은 미천한 것들의 장례식도 신경 써서 치러 주실 만큼 자애로우시기도 하고 말이야."

"화장한답시고 시신들을 대충 불속에다가 던져 버리는 누구랑은 다르시지!"

"예끼, 이 사람아! 말조심해."

"아…… 바, 방금 말은 못 들은 걸로 해 주십시오……

제가 잠시 실언을 했습니다."

그 누구가 누구인지는 구태여 묻지 않아도 알 것 같았다. 아직 자이아의 영주 셋 중 아무도 만나지 못했지만, 어쩐지 서서히 그림이 그려지고 있었다.

"회의 장소가 어디입니까?"

"소인이 안내하겠습니다! 마침 여기서 그리 멀지 않습니다!"

젊은 청년 하나가 손을 번쩍 들더니 안내를 자처했다. 바율이 허락의 뜻으로 고개를 끄덕이자 청년이 반색하며 그 즉시 몸을 돌려 걷기 시작했다.

운집해 있던 사람들이 일행을 위해 황급히 길을 터 주었다. 동시에 곳곳에서 귀하신 분들이니 잘 모시라는 말이 청년을 향해 쏟아졌다.

조금 전까지만 해도 절망 속에서 살아가던 이들의 얼굴에 어느덧 희망이 들어차 있었다. 그들은 정령사인 바율이 자신들을 구원해 줄 것임을 추호도 의심하지 않는 기색이었다.

이전이라면 그런 모습이 부담으로 다가왔을 텐데, 이번만큼은 아니었다. 오히려 반드시 자이아의 불을 꺼뜨려서 저들을 고통에서 해방시키고 말겠다는 열의가 더욱 샘솟았다.

“야, 퀸. 너 왜 말이 없냐?”

“그러게. 아까부터 왜 그렇게 조용해?”

청년을 따라 한참 자갈밭 같은 곳을 지날 때였다. 친구들은 문득 퀸이 유독 잠잠하다는 것을 깨달았다. 원래도 말이 많은 성격은 아니었지만, 지금은 그런 평소보다도 더했다.

“너 혹시 여기 지형 때문에 그래?”

“물이 없으니 맥을 못 추겠어?”

“기절할 것 같으면 미리 말해라. 괜히 놀라게 하지 말고.”

“내가 무슨 어린애냐?”

저를 놀린다고 생각했는지 일순 퀸의 눈초리가 싸늘해졌다.

“그냥 좀 갑갑해서 그래. 건조하기도 하고.”

“밑에서 올라오는 열기 때문인지 공기가 메마르긴 했어. 이거 봐, 빗물도 그새 다 말랐잖아.”

라나사가 보라는 듯 자기의 두 팔을 내밀었다.

이노센트가 내려 준 빗줄기 덕에 물에 들어갔다 나온 듯 젖어 있던 몸이거늘, 정말로 어느 틈엔가 바싹 마른 상태였다.

그 짧은 시간에 이 정도로 건조해질 수 있다는 게 어이없는 한편, 자이아의 실태에 다시 한번 혀를 내둘렀다.

"이제 인어국에 갔던 내 심정을 알겠냐?"

별안간 일라이가 부르르 몸을 떨었다. 그때만 생각하면 아직도 몸서리가 쳐지는 모양이었다.

"그래도 넌 이 정도면 약과야. 난 당시에 완전 물속에 들어갔었다고!"

"누가 뭐래? 바율 일에 방해되고 싶지 않아서 가만히 있는데 갑자기 왜 또 시비야? 내가 언제 너처럼 불평하던?"

"뭘 이렇게 까칠하게 대응해? 그냥 난 그랬다고 말하는 거구먼. 너한테는 이게 시비 거는 걸로 보이냐?"

"그러니까 조용히 있는 날 왜 쓸데없이 건드리느냐고. 가뜩이나 기분도 저조한데."

물기라고는 전혀 찾아볼 수 없는 황량한 땅이었다. 인어족인 퀸에겐 그야말로 한시도 머물고 싶지 않은 곳이다.

그나마 이노센트 덕분에 버티고는 있지만, 그렇다고 힘들지 않은 건 아니었다. 기실 퀸은 당장이라도 바닷물에 뛰어들고픈 심정이었다.

"라이, 그만해. 퀸 지금 예민하잖아."

일라이가 무어라 한마디 더 하려는 찰나, 로건이 끼어들며 말렸다. 라나사와 에이단도 옆에서 열심히 고개를 도리도리 저었다. 이번은 네가 참으라는 듯.

"퀸, 많이 힘들어?"

바율은 뒤늦게 퀸을 올려다보며 사과했다.

"미안해. 내가 미처 헤아리질 못했어. 여기가 너한테 맞지 않으리라는 걸 미리 생각했어야 했는데."

"무슨 소리야. 네가 왜 사과를 해? 네 잘못 아니야."

"하지만……."

"그럴 정신도 없었잖아. 정작 너도 밤새서 일하다 와 놓고선."

바율을 안심시키고자 함인지, 퀸은 조금 전까지 정색하고 있던 게 무색하리만치 환한 미소를 머금었다.

"그리고 나 괜찮아. 이게 있잖아."

퀸이 대양의 눈을 들어 바율 앞에서 살짝 흔들더니, 돌연 녀석의 양쪽 어깨에 손을 얹었다. 그러곤 가던 방향을 향해 천천히 돌려세웠다.

"그러니 내 걱정은 하지 말고 얼른 가기나 하자. 기다리시잖아."

일행이 아옹다옹하는 사이, 저만치 앞서 걷던 청년이 걸음도 멈춘 채 이쪽을 보고 있었다. 기웃거리는 모양새가 아무래도 무슨 일이 생긴 건가 궁금한 눈치였다.

"그래도 퀸, 힘들면 말해야 해."

"응, 그럴게."

세상 다정하게 대꾸하는 퀸을 보고 있자니 일라이는 절로 주먹이 쥐어졌다. 저딴 녀석을 위해 제가 인어국에서 그 고생을 했다는 게 새삼 억울해지려고 했다.

"라이, 마음씨 넓은 네가 이해해."

"맞아. 저 자식 저러는 거 한두 번 보냐?"

"이럴 때일수록 대인배의 모습을 유지해야지."

그나마 편을 들어 주는 친구들이 있기에 망정이지, 아니었으면 오늘이야말로 결판의 날이 될 뻔했다.

"근데, 내가 대인배였어?"

그 말이 제법 마음에 들었는지 일라이의 입가가 실룩였다.

"그래, 내가 좀 그런 편이긴 해. 그치?"

방금까지 퀸을 향했던 분노는 어디론가 사라지고, 일라이가 금세 득의양양한 표정을 지었다. 모범생이란 본인의 설정에도 참으로 어울리는 단어가 아닐 수 없었다.

"아주 마음에 들어."

친구들이 자신을 어떤 눈으로 보고 있는지는 전혀 알지 못한 채, 일라이가 한층 가벼워진 발걸음으로 바율과 퀸의 뒤를 쫓았다.

## 2.

"여기입니다."

청년이 멈춘 곳은 거대한 바위 동굴 앞이었다. 각 영지의 주인들이 모이는 자리라 그런 건지, 힘깨나 쓸 것 같은 장정 여럿이 그 앞을 지키고 있었다.

"뉘십니까?"

개중 가장 연장자로 보이는 사내가 미심쩍은 눈길로 일행을 훑어보고는 조심스레 물었다. 자이아에선 결코 볼 수 없는 귀티 나는 차림새였다. 그에 저절로 허리가 구부러지고 공손해졌다.

"란데르트 백작님이십니다."

"…란데르트 백작님이요?"

사내는 고개를 갸웃하며 맥 보좌관의 말을 그대로 따라 했다. 그러다 어느 순간 '헙!' 하고 신음을 흘리더니 바닥에 납작 엎드렸다.

"모, 몰라뵈어서 송구합니다! 여, 여기는 어쩐 일로 오셨는지요!"

너무나 생각지도 못했던 이름이 튀어나와 바로 인지하지 못했을 뿐, 바율의 위명에 대해서라면 대륙 누군들 모를 리가 없었다. 오히려 자연재해로 피해를 입어 온 만큼 더 잘

안다고도 할 수 있었다.

사내를 시작으로 입구를 지키고 있던 장정들이 저마다 송구하단 소리를 복창하며 서둘러 몸을 낮추었다.

“안에 자이아의 영주들이 모여 계시다 들었습니다. 들어가도 되겠습니까?”

“물론입죠! 제가 모시겠습니다!”

사내가 벌떡 일어나더니 동굴 입구에 걸린 횃불을 재빨리 손에 들었다.

“이쪽으로 따라오십시오!”

내부는 생각했던 것보다 훨씬 더 어두웠다. 물론 바율 혹은 스피넬이 불꽃을 띄우거나, 일라이가 라이트 마법을 시전할 수도 있었다. 하나 일행을 배려해 주는 사내를 굳이 민망하게 만들 필요는 없었기에 조용히 뒤따랐다.

“지면이 울퉁불퉁합니다. 넘어지지 않게 조심하십시오!”

과연 정리되지 못한 돌부리가 우후죽순 돋아 있었다. 그 위를 능숙하게 이동하는 사내는 이후로도 일행에게 조심하란 말을 수십 번도 더 했다.

정작 바율과 친구들, 그리고 데스와 이언에겐 하등의 걸림돌도 되지 못했건만 그 사실을 알 리 없는 그는 당부에 당부를 거듭했다.

몸보다 머리 쓰는 일에 더 익숙한 맥 보좌관 역시 이언의 도움으로 별 무리 없이 쫓아오고 있었다.

그렇게 얼마나 걸었을까.

내부로 이어진 통로가 제법 길다고 여겨질 즈음, 누군가의 외침이 메아리처럼 동굴의 벽을 타고 들려왔다.

"…만은 안 됩니다! 그건 범죄라고요!"

"답답한 소리 좀 그만하게. 그건 범죄가 아니라, 다수를 위한 소수의 희생이라고 하는 것일세!"

"이게 우리만 좋자고 그러는 겐가? 다 같이 살자는 거지!"

"우린 이미 뜻을 정했으니 자네만 결정하면 끝이네. 지금은 다른 수가 없어!"

목적지에 다다른 듯, 목소리가 점차 선명해졌다. 울리는 소리로 보아 나이 지긋한 어른 둘에 소년이 한 명 끼어 있는 듯했다.

언쟁이 오가는 것에 당황하여 어쩔 줄 몰라 하는 사내를 바율은 말없이 손짓으로 되돌려 보냈다. 그러곤 잠시 그대로 멈춰 서서 이야기를 더 들어 보기로 했다. 대체 무슨 논의를 하는 중이기에 '범죄'라는 단어까지 거론되는 것인지 궁금했기 때문이다.

"저는 절대 그럴 수 없습니다! 다수를 위한 소수의 희생이라고요? 그딴 개 같은 말이 어디 있답니까? 그 소수는 누가 정하는 건데요? 그들이 자의로 그렇게 하겠답니까? 살고자 하는 마음은 누구나 똑같은 겁니다!"

"뭐, 뭣? 이런, 버르장머리하고는! 아무리 배운 거 없이 자랐다지만, 아버지뻘 되는 사람인 내게 어디서 감히 그런 막말을 하는 겐가!"

"막말은 마젤란 남작께서 먼저 하셨습니다! 고작 돈 때문에 영지민을 버리자는 게 말이 됩니까? 그게 살인이 아니고 뭐랍니까!"

"돈 때문이라니! 남은 식량이 얼마 없으니 살 사람이라도 살리자는 게 아닌가!"

"어허, 이거 보다 보니 아주 몹쓸 놈이로세! 어찌 우리를 그런 파렴치한으로 모는 것이냐?"

"양심이란 게 있으시면 다시 생각해 보십시오. 저는 이 안건에 절대 동의할 수 없습니다! 만약 저를 배제하고 일을 진행하신다면, 제가 직접 황도로 찾아가 폐하께 아뢸 것입니다!"

"지금 우릴 협박하는 게냐?"

"허 참, 이놈 도끼눈을 뜬 것 좀 보십시오. 일을 치르고도 남겠습니다!"

"제가 못 할 것 같습니까? 폐하와 대신들에게 두 분이 무슨 짓을 저지르려고 하였는지 죄다 고할 거라고요!"

"쯧쯧, 그러게 내 뭐라고 했습니까? 이놈은 분명 안 될 거라고 하지 않았습니까! 이런 애송이는 애초에 그냥 치워 버렸어야 합니다! 늦었지만 이제라도 처리합시다."

"이, 이게 무슨 짓입니까!"

당황한 듯한 소년의 음성이 들린 순간, 바율이 움직였다.

직각으로 휜 코너를 돌자 너른 공간이 나왔다. 그 중앙에 놓인 석탁에는 예상했던 대로 소년과 어른 둘이 대치하듯 마주 보는 상태였다. 특이점이라면 소년의 목과 가슴에 창끝이 겨누어져 있다는 것이었다.

"거기 누구냐!"

횃불을 밝히고 있는 그들과 달리 바율 일행에겐 아무 불빛도 없었다. 하지만 다음 순간, 동굴 안은 느닷없이 대낮처럼 밝아졌다.

일순간에 허공을 채운 수십 개의 불꽃.

눈이 부셔 그것이 무엇인지 채 알아차리기도 전에 바율이 터벅터벅 앞으로 나아갔다.

"웬 놈이냐?"

앳된 바율의 용모 탓이었을까. 눈을 가늘게 모은 채 불청객을 주시하던 마젤란 남작의 입에서 망설임 없이 '놈'이라는 소리가 튀어나왔다.

"내 그리 아무도 들이지 말라 일렀거늘!"

으르렁거리며 대로하는 모습이 포악하기가 이루 말할 수 없었다.

"저쪽에 계신 분이 룩소 남작, 그리고 이쪽 분이 마젤란 남작님 맞으십니까?"

"…누구이기에 우릴 찾는 것이냐?"

바율의 정중한 물음에 마젤란 남작이 다소 주춤거렸다. 시야가 그제야 또렷해졌다. 흥분을 가라앉히고 자세히 보니 분위기가 예사롭지 않았다. 왠지 뭔가 대단히 잘못 걸린 듯한 느낌이었다.

"혹시…… 란데르트 백작님이십니까?"

바율이 또 한 번 자기소개를 하려던 찰나, 뜻밖에도 상대가 그를 먼저 알아보았다.

"맞습니다. 그쪽은 호메이르 남작님이겠군요."

바율의 대답에 자이아의 소년 영주, 호메이르 남작이 믿을 수 없다는 양 입을 쩍 벌렸다. 룩소 남작과 마젤란 남작 역시 뒤통수를 얻어맞은 듯 그대로 석상처럼 굳어 버렸다.

'설마 우리 이야기를 다 들은 건 아니겠지?'

일순간 그런 불안감이 스쳤다. 동시에 룩소 남작과 마젤란 남작의 등줄기로 척척한 땀이 뱄다.

상대는 소문처럼 순하고 선한 인상의 소년이었지만, 그가 특무 대신으로 갔던 곳에서 어떤 일들이 벌어졌는지는 그들이 누구보다 더 잘 알았다.

해서 그가 온다는 소식을 듣고 어떤 트집도 잡히지 않기 위해 미리 대비까지 해 두었었다. 한데 하필이면 이런 순간에 맞닥뜨리고야 만 것이다.

이게 다 저 망할 호메이르 놈 때문이었다. 녀석이 고집만 피우지 않았어도 오늘 회의는 금방 끝이 났을 테고, 그러면 이런 상황에 처할 일도 없었을 텐데.

2년 전 사고로 부모를 잃고 열다섯에 영주가 된 호메이르 남작은 그들에겐 정말이지 골칫덩이나 다름없었다.

영지민들을 위한답시고 사사건건 안건에 반기를 드는 모습이 어쩌면 그리도 죽은 제 아비를 똑 닮았는지, 같이 처리하지 못한 게 천추의 한이었다.

"혹 제가 못 올 데를 온 겁니까?"

어색한 침묵을 먼저 깬 쪽은 바율이었다. 놀라서 저를 그저 쳐다만 보고 있는 무리를 향해 그가 약간의 질책을 담아 물었다.

"저는 그래도 나름대로 환영을 받을 줄 알았는데 말이죠."

오랜 기간 자연재해로 인해 고통받아 온 자이아에 필요한 인물 영순위를 꼽으라면 단연코 정령사인 바율이었다. 이 상황에 만약 그를 반기지 않는다면 그건 그거대로 문제였다.

"다, 당연히 환영하다마다요! 제가 너무나 고대했던 순간이라 이게 꿈인지 현실인지 분간이 안 가서 그만…… 무례를 범해 송구합니다."

뒤늦게 자신의 실책을 인식한 호메이르 남작이 다급히 변명하며 허리를 굽혀 인사했다. 그 탓에 그에게 창을 겨누고 있던 병사들도 쭈뼛거리며 한 걸음씩 뒤로 물러나야 했다.

"근데, 그 창은 무엇입니까?"

바율은 다 알면서 모른 척 시치미를 떼곤 석탁으로 다가갔다. 그에 두 남작의 얼굴이 희게 질렸다. 그제야 병사들이 아직 호메이르 남작에게 창을 겨누고 있었다는 사실을 인지한 것이다.

손님의 정체를 안 순간 재빨리 치우지 않고 뭘 했냐는 듯한 비난의 눈빛이 병사들에게로 쏘아졌다.

물론 그들도 경황이 없어 그리하게 되었지만, 차마 이 분위기에서 핑계를 댈 수는 없었다. 그저 후다닥 창을 물리는 것만이 최선이었다.

"란데르트 백작님을 이런 곳에서 뵙게 되어 송구합니다."

"맞습니다! 도착 날짜를 미리 기별해 주셨으면 저희가

마중이라도 나갔을 텐데요."

룩소 남작과 마젤란 남작은 가식적인 웃음을 만면에 띤 채 황급히 화제를 돌렸다.

"개인적인 볼일을 먼저 해결하고 오느라 좀 늦었습니다."

게다가 연락을 했다 하더라도 잉그리드를 타고 바로 왔기에 제대로 환영할 수조차 없었을 것이다. 녀석보다 빠른 이동 방법은 공간 이동 말고는 존재하지 않으니.

"이제라도 와 주셔서 얼마나 다행인지 모르겠습니다! 정말, 정말 감사드립니다!"

호메이르 남작은 마치 조금 전의 일을 잊기라도 한 듯, 밝은 얼굴로 연신 머리를 숙이며 감사 인사를 했다. 아직 아무것도 하지 않았는데 벌써부터 고마워하는 모습이 그의 영지민들과 똑같았다.

그러고 보니 소년의 행색 역시 마찬가지였다. 대화를 엿듣지 않았다면 그가 남작이라는 사실도 모를 뻔했다.

영주라는 신분에 걸맞지 않게 남루한 옷차림 하며 깡마른 몸, 거기에 얼굴과 손 등 드러난 피부도 거칠고 거뭇했다.

그에 반해 룩소 남작과 마젤란 남작은 전형적인 귀족의 몰골을 하고 있었다. 값비싸 보이는 옷과 장신구에 얼굴에는 개기름이 번지르르 흘렀다.

그런 둘의 배는 조금 전 식량이 부족해서 문제라던 말과 상반되게 막달의 임신부처럼 불룩했다.

모르는 사람이 보면 게으른 귀족 둘에 잔심부름이나 하는 어린 하인쯤으로 여길 게 분명했다.

단, 눈빛만큼은 예외였다. 외양은 볼품없고 왜소하나, 호메이르 남작의 두 눈에선 총기가 엿보였다. 흐리멍덩하고 비열한 욕심으로 가득한 두 남작과는 확연한 차이가 느껴졌다.

"이런 누추한 곳에 귀하신 분이 와 주셔서 참으로 감개무량합니다!"

"여기서 이럴 것이 아니라, 어서 장소를 옮기시지요. 비록 해밀턴과 랑트에는 비할 바 못 되겠지만, 그래도 머무르시는 동안 아쉬움 없을 만한 곳을 마련하겠다고 나름대로 최선을 다했습니다."

"이 먼 곳까지 귀한 발걸음 옮기시느라 얼마나 피곤하셨습니까?"

"그러게 말입니다. 자, 제가 안내할 터이니 어서 가시지요!"

마젤란 남작은 제 입으로 바울을 '놈'이라 지칭했던 것을 그새 까맣게 잊은 모양이었다. 그래서인지 몰라뵈었다며 제대로 사과를 하기는커녕, 작금의 자리를 벗어나는 데만 안간힘을 써 댔다. 자신들의 치부가 들통나기 전에 피하고 싶은 기색이 역력했다.

하지만 그들에겐 안타깝게도 바율은 뜻대로 따라 줄 생각이 요만큼도 없었다.

"아직 제 물음에 답하지 않으셨습니다. 병사들이 어째서 호메이르 남작님에게 창을 겨냥하고 있었는지, 설명해 주시겠습니까?"

"그, 그건……."

"…작은 오해가 있었습니다!"

"오해요?"

"네, 그렇습니다! 회의 중에 호메이르 남작이 도를 넘는 발언을 했지 뭡니까. 그래서 울컥한 제 수하들이 저를 위하는 충성심에 그만……."

갑작스레 만든 핑계치고는 제법 그럴싸했다. 그러나 이미 사정을 어느 정도 알고 있는 바율에겐 통할 턱이 없었다.

"그 도를 넘는 발언이라는 게, 혹 다수를 위한 소수의 희생은 어쩔 수 없는 거라던 두 분의 뜻을 개 같은 소리라 일컬은 걸 말씀하시는 겁니까?"

"……!"

"그도 아니면 호메이르 남작님이 폐하께 찾아가 직접 두 분의 죄를 고해바치겠다고 한 것을 말씀하시는 건지요?"

낮은 어조로 조목조목 예거하는 바율의 모습은 평온하기 그지없었다. 그것이 외려 더 불길하게 느껴져 두 남작은 저들도 모르게 침을 꿀꺽 삼켰다.

솔직히 정령사에 특무 대신이라 한들, 한낱 십 대 소년일 뿐이라고 생각했다. 내심 버릇없이 날뛰는 호메이르 남작과 비슷할 거라 여긴 것도 사실이었다.

그런 만큼 비위만 잘 맞춰 주면 아무 일 없이 잘 넘어갈 거라 단순하게 판단했다.

하나 완전히 잘못 짚었다.

바율과 눈을 마주한 순간, 룩소 남작과 마젤란 남작은 꼼짝도 할 수가 없었다. 어떤 거역할 수 없는 무언가가 그들을 옥죄고 압박해 왔다.

분명 일그러진 기색 하나 없이 처음과 같은 얼굴이거늘, 원인을 알 수 없는 오싹한 전율이 전신을 훑고 지나갔다.

"듣자 하니 호메이르 남작님을 이제라도 처리하자고 하시던데, 그건 정확히 무슨 뜻입니까?"

바율의 여상한 질문에 두 남작의 몸뚱이가 바들바들 떨렸다. 언제부터인지는 정확히 알 수 없으나, 상대는 이미 자신들의 대화를 듣고 있었다. 어떤 변명도 통하지 않으리라는 게 직감적으로 느껴졌다.

"갑자기 말씀들이 싹 사라지셨군요."

바율이 한숨을 짓는 순간이었다.

"사, 살려만 주십시오! 앞날이 막막하여 잠시 나쁜 마음을 먹었습니다!"

"인간으로서 해서는 안 될 생각을 잠시 품긴 하였으나, 저희도 진짜로 실행할 마음은 없었습니다. 믿어 주십시오!"

룩소 남작과 마젤란 남작이 무거운 몸으로 힘겹게 부복하며 애걸복걸했다. 그 와중에도 그들의 교활한 혀는 거짓을 말하고 있었다. 그들은 분명 조금 전까지만 해도 아무런 거리낌 없이 호메이르 남작을 해치려 하였다.

그 뻔뻔한 행태에 호메이르 남작이 퍼뜩 정신을 차리며 바율에게 고하였다.

"란데르트 백작님! 이들의 말에 현혹되시면 안 됩니다! 이들은 그간 자이아의 영주로서 마땅히 해야 할 일을 등한시한 것도 모자라, 자신들의 배 채우기에만 급급했습니다!"

남작은 마치 제 가족이 그런 일을 당한 양 한껏 억울함을 토로했다.

"영지민들은 고된 노동 속에 하루 한 끼도 제대로 챙겨 먹지 못한 채 고통스러운 삶을 살아가는데, 이자들은 그런 상황에 하루가 멀다고 파티를 벌이며 향락을 일삼았습니다!"

"네, 네 이놈! 우리가 언제 그러하였더냐!"

"란데르트 백작님, 이건 모함입니다! 이 어린 것이 억하심정으로 헛소리를 해 대고 있습니다! 억울합니다!"

"아닙니다! 저는 오로지 있는 그대로를 아뢰고 있습니다! 이들은 심지어 금고의 돈이 바닥나자 영지민을 몰살시키려는 계획까지 하였습니다! 명분은 식량이 부족해서라지만, 그건 구실일 뿐입니다. 영지민들에게 들어가는 돈을 아껴 저들의 놀고 즐길 거리를 늘리려는 속셈이 분명합니다!"

"여기가 어느 안전이라고 자꾸 거짓을 일삼는 게냐! 우리가 지은 죄라면 지켜야 할 영지민들을 위해 더 좋은 수를 고안해 내지 못했다는 딱 그거 하나뿐이다!"

"네놈이 란데르트 백작님에게 잘 보이고 싶어 없는 말을 지어내는 걸 우리가 모를 줄 알았더냐! 어린놈이 어찌 이리도 영악할꼬!"

바율은 잠자코 얘기를 듣고만 있었다. 그러자 룩소 남작과 마젤란 남작은 자신들의 구변이 먹혔다고 여겼는지 목청을 더욱 높였다.

"평소에도 우리를 그리 괄시하더니만, 오늘 아주 날을 잡은 모양입니다!"

"우리가 그랬다는 증거는 갖고 그런 모략을 하는 게냐! 이 건방진!"

"증거요."

바율이 나지막이 입을 연 것은 그때였다.

"그거라면 굳이 필요 없습니다. 이 땅에서 벌어진 일쯤은 지금 당장이라도 알 수 있으니까요."

"……?"

그들은 바율의 말을 쉬이 이해하지 못한 표정이었다. 자이아에 와 본 적도 없는 바율이 그걸 대체 무슨 수로 알 수 있겠냐는 의문들이 얼굴에 가득 어려 있었다.

"아, 여기까지는 대지의 기억에 관해 알려지지 않은 모양이군요."

대지의 기억?

묘하게 낯설지 않았다. 들어 본 것 같기도 하고, 아닌 것 같기도 하고.

제국에서 가장 재해가 심한 곳에서 사느니만큼, 상황을 타개할 희망인 정령사인 바율에 대해서라면 귀가 따가울 정도로 많은 소식을 주워들었다.

하지만 그나마도 사람들의 입을 타고 탄 뒤 굵직한 사건만 알려졌을 뿐, 상세한 사항들이 전해지진 않았다. 그러기엔 너무 후미진 까닭이다.

"직접 보시는 게 이해가 더 빠르실 겁니다."

바율은 부러 살짝 웃음을 보이곤 속으로 셰임을 불렀다.

"억!"

"허억!"

별안간 동굴 안에 나타난 셰임을 보고 룩소 남작과 마젤란 남작이 놀란 숨을 터뜨렸다. 호메이르 남작 또한 어깨를 흠칫 떨며 눈을 홉떴다. 정령이라는 존재가 있다는 걸 이제는 알고 있지만, 실제로 보는 것은 느낌이 또 달랐다.

"땅의 정령 셰임이라고 합니다. 그가 이제부터 제게 이곳에서 무슨 일이 있었는지 알려 줄 겁니다."

대지의 기억은 그렇게 시작되었다. 바닥에서 굴러다니던 흙과 돌덩이, 그리고 먼지들이 모여 그간 자이아에서 일어났던 크고 작은 사건들을 적나라하게 보여 주었다.

"이, 이게 무슨……!"

"마, 말도 안 돼!"

두 남작은 바율이 그저 비를 내리고 지진을 막으며 불을 꺼뜨리는 단순한(?) 정령사인 줄로만 알고 있던 듯했다.

한데 그런 그들의 앞에 젊은 여인들을 불러다 난잡한 파티를 벌이고 노는 본인들의 모습이 고스란히 드러났다. 보고 있음에도 믿기 힘든 광경이었다.

꼬투리를 잡히지 않기 위해 앞서 증거들을 전부 조작해 두었거늘, 그 모든 게 전혀 의미 없는 행위였다.

세상에 어떻게 이런 일이 가능하단 말인가!

"더 볼 것도 없겠네요."

어째서 가는 곳마다 부패한 무리와 마주하게 되는지, 바율로서도 영 달갑지 않은 일이었다.

"셰임, 저들을 포박하세요."

메마른 땅에서 부지불식간에 나무줄기가 꿈틀거리며 튀어나오더니, 곧 호메이르 남작을 제외한 모든 이들을 꽁꽁 묶어 버렸다.

비명을 지르는 당사자들의 입 역시 예외는 아니었다. 나무줄기가 그들의 입을 틀어막자 소란하던 실내가 금세 조용해졌다.

그 가운데, 호메이르 남작만이 경외와 두려움 섞인 눈으로 바율을 바라보고 있었다.

## 3.

"제게 여러 번 서신을 보내셨다고 들었습니다. 조금 더

일찍 왔어야 했는데, 미안합니다."

"아, 아닙니다! 이제라도 와 주시지 않으셨습니까! 그것만으로도 저는 충분히 감지덕지합니다!"

바율 일행은 우선 호메이르 남작의 거처로 자리를 옮겼다.

그의 행색을 보고 짐작하긴 했지만, 처소 역시 영주가 사는 곳이라고 하기엔 매우 열악했다. 홀로 모든 걸 꾸려 가며 살아온 듯 귀족가라면 응당 있어야 할 하인조차 보이지 않았다.

"늦었지만, 이제라도 이야기를 들어 보고 싶습니다. 이곳 사정에 대해서도 정확히 알아야겠고요. 얼마나 심각한 겁니까?"

와 준 것만으로도 감사하다며 몸 둘 바를 몰라 하던 호메이르 남작의 안색이 한순간에 어두워졌다.

"후우! 여기까지 오시는 동안 보시면서 어느 정도 예상하셨으리라 생각합니다. 하나 실제로는 그보다 몇 배는 더 절박한 상황입니다. 근래 강수량마저 줄어 폭발 사고가 엄청나게 증가했는데, 그 바람에 피해가 이만저만이 아닙니다. 그러니 사상자가 더 많이 발생하기 전에 조금이라도 서둘러 불을 꺼뜨려야만 합니다."

"이해했습니다. 그럼, 병자들의 수는 대략 얼마나 되겠습니까?"

"…말씀드리기 어려울 지경입니다."

"영지민들 몸 상태가 대부분 좋지 않아 보이더군요. 다시 묻죠. 건강한 이들이 있기는 한 건가요?"

"그나마 저같이 젊은 사람들은 체력으로 버티는 중입니다. 다만 상대적으로 몸이 약한 어린아이들과 노인분들이 문제지요."

호메이르 남작은 하소연을 하듯 말을 이었다.

"이 모든 게 다 불 때문입니다. 하루 이틀 타오른 게 아니니 응당 토양이며 식수, 공기마저 부담이 될 수밖에 없지요. 그렇게 서서히 주변 환경들이 오염되어 신체에 무리를 주는 것입니다. 치료라도 받을 수 있으면 좋으련만, 봉사하러 오시는 사제님들은 너무나 한정적이시니…… 물론 그나마도 감사한 일이지만 말입니다."

거기까지 말한 그는 전보다 더한 간절한 눈빛으로 바율을 바라보았다.

"부디…… 제발 자이아의 불을 꺼뜨려 주십시오! 저희를 구원해 주실 분은 란데르트 백작님뿐이십니다!"

어떻게든 한 사람이라도 더 살리고 싶은 마음에 틈이 나는 대로 편지를 써서 보냈다. 답신이 오지 않는 걸 알고 있음에도 미련을 버리지 못했다.

란데르트 가의 위명에는 명함도 내밀지 못할 만큼 보잘

것없는 촌구석의 영주지만, 죽어 가는 영지민들을 마냥 두고 볼 수만은 없었기 때문이다.

"알겠습니다. 그래서, 우선 병자가 정확히 몇 명입니까? 아니, 차라리 자이아의 총인구수를 물어보는 게 더 빠를 것 같군요. 최근에 조사한 자료가 있습니까?"

"있기는 합니다만…… 아마 지금은 그때보다 수가 많이 줄었을 겁니다. 재해가 워낙에 빈번한 지역이라서요."

"감안하고 보도록 하죠."

호메이르 남작은 바율의 단호한 어투가 다소 의아했지만, 별말 없이 서랍을 뒤져 서류 하나를 건넸다.

"제가 먼저 검토해 봐도 되겠습니까?"

바율이 고개를 끄덕여 허락하자 맥 보좌관이 빠르게 서류를 읽어 내려갔다. 서너 장째 넘기던 그가 감탄스럽다는 듯 혼잣말처럼 중얼거렸다.

"무척 꼼꼼하게 작성되어 있네요."

"예, 아무래도 식량 배급을 해야 하니까요. 이곳에선 아이며 노인 할 것 없이 모두가 아침부터 석탄을 캡니다. 농사를 지을 땅도 별로 없거니와, 그 편이 금전적으로 훨씬 이득이거든요."

"캐낸 석탄과 식량을 맞교환하는 겁니까?"

"그렇습니다."

에이단의 물음에 호메이르 남작의 얼굴에 잠시 누구냐는 듯한 호기심이 돋았지만, 그는 곧 의문을 거두며 대답했다.

“어린아이들까지 노동에 동원하는 건 너무한 것 같은데. 웃으면서 뛰어놀아도 부족할 나이잖아.”

“환경이 이렇게 만든 거지.”

“여기 사람들이라고 그걸 좋아서 시키는 건 아닐 거야.”

친구들은 저마다 수심에 젖어서는 한탄을 늘어놓았다.

“이 정도면 영지를 버리고 떠날 수도 있었을 텐데, 호메이르 남작님께선 용케 남으셨군요. 그간 호메이르가에서 모아 두었던 자금이면 어디서든 부족하지 않게 지내실 만했을 텐데요.”

바율의 갑작스러운 발언에 호메이르 남작이 미간을 꾸깃 찌푸렸다. 어쩐지 실망한 기색이었다.

“란데르트 백작님이었다면 그러실 겁니까?”

“글쎄요. 그런 상황에 닥쳐 보지 않아서 저는 아직 모르겠습니다.”

“그걸 꼭 닥쳐 봐야 압니까?”

바율의 단조로운 대꾸에 호메이르 남작의 언성이 올라갔다.

“이건 기본적인 상식이자 도리의 문제입니다. 어찌 영주가 제 땅을 버릴 수 있단 말입니까? 영지민들은 모두가 가족입니다. 식구를 버리는 인간이 세상에 있을 수 있습니까?"

"그런 인간이 있어선 안 되겠지요."

"맞는 말씀. 그런 건 인간이라고 부르기에도 아깝지."

바율의 대답에 동의를 표하던 라나사가 누군가를 떠올린 듯 잠시 살기를 번뜩였다.

"호메이르 남작님의 뜻은 잘 알았습니다. 제 질문이 무례했다면 사과드리죠. 그저 남작님의 진심을 듣고 싶었을 뿐입니다."

바율의 난데없는 사과에 호메이르 남작은 멍청하게 두 눈만 슴벅거렸다.

선뜻 이해가 가지 않은 탓이다. 이상한 소리로 순간 사람을 울컥하게 만들더니, 갑자기 이게 뭔가 싶어 어리둥절했다.

그때, 서류를 다 훑은 맥 보좌관이 말했다.

"호메이르 남작령의 남은 인구수는 얼추 오천여 명 정도 될 듯합니다. 룩소 남작과 마젤란 남작 영지를 합치면 이만 명은 훌쩍 넘을 듯한데, 맞습니까?"

"예…… 그쪽 영지가 더 크기도 해서 영지민들의 수도 그만큼 많을 겁니다."

"타 영지에 비하면 인구가 적은 편이긴 한데…… 잘 해낼 수 있겠습니까?"

"…잘 해내다니, 당최 무엇을 말씀하시는 건지 저는 잘……."

"자이아를 하나의 영지로 통일하려고 합니다."

"통일이요?"

놀란 토끼처럼 호메이르 남작의 눈이 동그랗게 커졌다.

"네, 안타깝지만 룩소가와 마젤란가에는 미래가 보이질 않아서요."

대지의 기억으로 본 그들 가문은 이미 썩어 문드러져 있었다. 자식들도 아버지와 다를 바 없던 것이다. 영지를 책임질 만한 역량을 찾으려야 찾아보기 힘든 수준이었다.

"그래서, 호메이르 남작님께서 자이아 전체의 영주님이 되어 주셨으면 합니다."

"제가…… 그래도 되는 겁니까?"

먼 옛날부터 대대로 세 가문이 함께 이끌어 온 땅이었다. 비록 지금은 자연재해로 인해 많은 이들이 고통받고 있으나, 한때는 자원의 보고라고까지 불리던 곳이었다. 그런 광활한 대지를 저 혼자 책임지라는 말에 호메이르 남작은 진심으로 놀랐다.

"저의 모든 권한은 황제 폐하께서 미리 허하셨습니다.

호메이르 남작님이 승낙만 하신다면 그에 관한 서류 절차 및 승계 업무는 별 탈 없이 그대로 진행될 겁니다."

기실 이러한 내용은 자이아의 실태를 조사한 맥 보좌관이 사전에 이미 어느 정도 설계를 해 둔 상태이기도 했다.

"…저는 아직 열일곱 살밖에 되지 않았습니다. 그런 제가 정녕 그런 큰일을 맡아도 되겠습니까?"

"나이는 중요한 게 아니지요. 호메이르 남작님께서는 이미 그에 합당한 능력을 보여 주고 계십니다. 영주로서 가장 중요하게 여겨야 하는 게 무엇인지 누구보다 잘 알고 계신 듯하고요."

"아……."

"제가 아버지께 배운 것이기도 합니다."

호메이르 남작을 향한 바율의 입매가 부드럽게 휘었다. 아직 서툴고 다혈질 같은 면이 있기는 하나, 바율의 눈에 그는 더할 나위 없이 충분한 자격을 갖춘 영주였다.

"이만 명이 넘으면, 돈이 어느 정도나 필요하려나."

갑자기 자금 얘기를 꺼내는 라나사를 친구들이 저마다 '너, 또 설마' 하는 눈빛으로 쳐다보았다.

"맞아. 투자하려고."

"가진 게 돈밖에 없다는 소리는 그만 듣고 싶다."

"부러우면 부럽다고 말해."

에이단의 탄식에 라나사가 어깨를 으쓱이곤 호메이르 남작에게 정식으로 청했다.

"자이아에 신전을 세우려면 돈이 많이 들 거예요. 보아하니 주변에 마땅한 건물들도 없는 것 같고…… 그래서, 제가 여기 부동산에 투자 좀 하려고 하는데. 어떻게 생각하세요?"

"예에?"

"이자는 아주 조금만 받을게요. 저도 먹고는 살아야 하니까."

"저기, 그게 무슨……."

"야, 너는 그렇게 다짜고짜 얘기하면 어떡하냐? 이해가 가게 차근차근 설명해야지. 그게요, 그러니까 호메이르 남작님."

라나사를 가볍게 타박한 일라이는 바율이 신전을 세워 영지민들을 치료하기로 결심했다는 사실을 전해 주었다. 생각지도 못했던 기쁜 소식에 아이처럼 기뻐하던 호메이르 남작이었으나, 왜인지 그는 이내 안색을 굳혔다.

"그리 신경 써 주신 점, 전부 고맙습니다. 그렇게만 된다면 정말 소원이 없을 것 같긴 합니다. 하지만 그 모든 건 일단 불을 꺼뜨리고 난 후의 문제입니다. 백작님을 앞에 두고 드릴 말씀은 아니지만, 사실 전 백 년이 넘게 지속된 이 불이 쉬이 꺼질 수 있으리라는 확신이 들지 않습니다."

바율에게 줄기차게 서찰을 써 보내긴 했다만, 호메이르 남작은 애초에 불이 완전히 다 꺼질 거란 기대는 하지도 않았다. 그러기엔 자이아의 불꽃이 얼마나 지독한지를 너무나 잘 아는 탓이다.

황도에 비를 내리는 일 역시 분명 대단하나, 이건 그것과 아예 그 궤를 달리한다는 걸 그는 분명히 인지하고 있었다.

"그래도 불꽃이 어느 정도 수그러들기만 한다면 저는 물론, 영지민들 전체가 란데르트 백작님께 감사할 겁니다."

"그건 걱정하지 마십시오. 자이아의 불은 금방 해결할 수 있으니까요."

"예? 지금 뭐라고……?"

"남작님은 그 이후에 해야 할 업무에만 집중해 주시면 됩니다. 여기 계신 맥 보좌관님이 자세히 알려 드릴 겁니다."

"아니, 저기……."

호메이르 남작은 제 귀가 잘못되었다고 단언했다.

불을 금방 해결한다니?

백 년이 넘도록 활활 타오르는 이 불길을 직접 보고도 그런 말을 이리도 당당히 할 수 있단 말인가?

당혹스러움에 입만 벙긋거리며 말을 잇지 못하는 호메이

르 남작을 버젓이 앞에 둔 채, 바율이 에이단에게 부탁했다.

"에이단, 네가 직접 리타 좀 데리고 와 줄 수 있을까?"

"내가?"

"응."

"템페스타는 어쩌고?"

그런 건 보통 템페스타가 하는 일이었기에 에이단은 고개를 갸웃했다.

"모시고 와야 할 분들이 더 있어서."

"그래? 누구?"

"아카데미 신전에 계신 사제님들. 아무래도 리타 혼자서는 감당하기 어려울 것 같거든."

"아. 그건 그렇지. 영지민 전체가 환자라고 치면, 어우!"

그 많은 사람을 전부 치료해야 한다고 생각하자 에이단은 괜히 제 머리가 아파 오는 듯했다.

"근데, 사제님들이 내 말만 듣고 선뜻 따라나서실까?"

"때가 되었다고 전해 줘."

"때?"

"응, 그러면 맨발로라도 뛰쳐나오실 거야."

절망의 신전 최초의 성현이라며 바율을 어떻게든 모시려 했던 그들이었다.

뿐인가. 리타를 성녀로 추대하여 절망의 신이 내린 은덕이 얼마나 위대한지를 모두에게 알려야 한다고 틈만 나면 바울을 설득하려 했다.

"언제가 될지는 모르겠으나, 제가 감당할 수 있을 때가 오게 되면 그때 공포해 주십시오. 얼마든지 포교 활동에 참여하겠습니다."

바울도 이리 약속했던 바가 있었다. 당시엔 그럴 일은 절대 일어나지 않으리라 여겼건만, 역시나 사람 앞일은 예측할 수 없었다.

한편으로는 막연하게만 생각했던 '그때'가 이리 갑작스레 코앞에 찾아왔다는 게 바울로서도 기분이 묘했다.

"나도 같이 가."

데스는 아직도 리타가 신전 일에 나서는 것이 불만이었다. 하나 천계와의 전쟁을 앞둔 시점에 마신의 세력을 키우는 데 이만한 기회도 없긴 했다.

이미 천족의 만행이 암암리에 번져 나가고 있었다. 거기에 맞물려서 자이아의 사건은 더 큰 화제를 불러일으킬 터였다.

여전히 속에는 찜찜함이 남아 있지만, 이왕 할 거라면 제대로 해야 한다는 게 데스의 생각이었다.

제국? 웃기시네.

이렇게 된 거, 아예 대륙 전체를 절망의 신전으로 뒤덮을 작정이었다.

"얼른 다녀올게!"

음흉한 속셈을 한 데스를 태운 채 잉그리드가 날아올랐다.

"그럼 우리도 가 볼까요?"

"…예?"

멍하니 앉아 있던 호메이르 남작이 바보처럼 되묻자 바율이 산뜻한 미소를 지으며 말했다.

"불 끄러 가자는 뜻입니다."

# Chapter 9.
# 불의 정령왕, 스피넬

# 1.

호메이르 남작은 제 뺨을 철썩 때렸다.

"윽!"

허황된 꿈이라면 얼른 깨자는 심산으로 세게 내려쳤거늘, 절로 비명이 튀어나올 만큼 강한 통증이 뒤따랐다. 오른쪽 뺨에서 홧홧한 열감까지 느껴졌다.

"자학하는 취미가 있는 것 같지는 않고…… 혹시 꿈인가 싶어서 그런 건가요?"

로건과 나란히 걷다 그 모습을 본 라나사가 웃음을 참으며 다가갔다.

룩소 남작과 마젤란 남작에게 항의할 땐 눈에서 독기를

뿜어내더니만, 이럴 때 보면 영락없는 십 대 소년이었다.

열일곱 살이라고 했으니 그녀보다 무려 세 살이나 어렸다. 한창 부모에게 보호받아야 나이였다. 그럼에도 영지민을 지키고자 홀로 이리 뛰고 저리 뛰었을 걸 상상하니 새삼 대단하다 싶으면서 가엾기도 하다. 괜스레 지난날 불우했던 자신의 모습이 겹쳐 보이기도 했다.

"네, 뭐…… 아직은 좀 그렇습니다."

호메이르 남작은 부정하지 않았다. 그리 쉽게 현실을 받아들이기엔 불과 몇 시간 만에 너무 많은 것들이 변했다.

룩소 남작과 마젤란 남작을 한순간에 제압하던 땅의 정령의 모습이 기억에 선명하게 남았다. 하지만 그보다 더 놀라운 건 따로 있었다. 바로 뒷산에서 산책이라도 하자는 듯 대수롭지 않은 투로 불을 끄겠다고 말하던 바율이었다.

바율 로마노프 혼 란데르트.

제국의 위대한 첫 번째 정령사이자, 살아 있는 전설이라 불리는 란데르트 공작의 유일한 아들.

부친의 죽음으로 작위를 승계한 저와 달리, 본인의 능력을 인정받아 어린 나이에 특무 대신에까지 오르신 분이다.

많은 이들이 그러할 테지만, 호메이르 남작에게도 바율은 여러모로 귀감이 되는 존재였다.

해서 그를 만날 날을 손꼽아 기다렸다. 마주치면 묻고 싶은 게 정말 많았다.

그러나 막상 그런 상황이 닥치자 호메이르 남작의 입술은 좀처럼 떨어질 생각을 하지 못했다.

그나마 간신히 떼어 뱉은 말이라곤 고작 자이아의 사정이 어려우니 도와 달라는 것뿐이었다.

그에 반해 자신과 겨우 한 살 차이밖에 나지 않는 바율은 일을 진행하는 데 있어서 거침이 없었다. 죄인들을 처리하고 보좌관에게 지시를 내리는 모습 등이 저와는 비교할 수 없을 만큼 과감하고 단호했다.

그러니까 한마디로 과하게 멋있었다.

저 여린 외모에서 어떻게 그런 추진력과 결단력이 나올 수 있는 건지, 신기한 한편 부럽기도 했다. 자신은 아무리 노력해도 그의 발끝조차 미치지 못할 것 같다는 막연함마저 절로 느껴질 정도였다.

"저도 그랬어요."

"……?"

"아니, 여기 모두가 그럴걸요?"

라나사는 저를 보며 고개를 기울이는 호메이르 남작을 향해 아름다운 보라색 눈동자를 깜박이곤 말을 이었다.

"바율은 그런 녀석이에요. 사람들로 하여금 즐겁고 행복한 꿈을 꾸는 듯한 기분을 들게 하는."

"아."

"그렇지만 아직 본격적인 꿈은 시작도 안 했다는 거, 잘 아시죠?"

지금 그 꿈을 본격적으로 실행하러 가는 길이었다.

백 년이 넘도록 자이아를 괴롭히던 불꽃.

그것을 잠재우고 고통받는 이들을 구하러 가고 있었다.

"기사님께선 정말로 자이아의 불이 꺼질 거라고 생각하십니까?"

"…기사님?"

처음 접하는 호칭에 라나사가 멈칫거리자 호메이르 남작이 다급히 덧붙였다.

"검을 차고 계셔서 그리 칭했는데, 무례했다면 사죄드립니다. 아무래도 레이디라고 부르는 게 법도에 맞는 것이겠지요? 제가 촌에만 살아서 예법에 무지합니다. 다시 한번 송구합니다."

분명 낯설긴 하지만, 라나사에겐 되레 기분 좋은 호칭이었다. 그걸 오해하고 장황하게 변명을 늘어놓는 호메이르 남작을 보자니 그녀는 피식 웃음이 새어 나왔다.

"제 이름은 라나사라고 해요. 캐링스턴 아카데미 기사학부 3학년이죠."

"캐링스턴 아카데미…… 그러면 란데르트 백작님과……."

“맞아요. 저 앞에 가는 빨갛고 파란 두 녀석이랑 여기 제 옆에 있는 이 녀석까지, 전부 아카데미에서 만난 친구들이에요.”

무언가 깨달음을 얻기라도 한 양 호메이르 남작이 고개를 크게 주억거렸다. 기실 특무 대신 직을 수행하러 온 바율 곁에 어른으로 보이는 이들은 이언과 맥 보좌관뿐이었다. 해서 나름 의문을 갖던 차였다.

“란데르트 백작님께서 친구들과 함께 오신 거였군요.”

“네, 아까 커다란 새 타고 간 그 녀석까지.”

“좋으시겠습니다. 란데르트 백작님과 같은 분과 친구시라니…….”

“뭐, 별거 있나요? 진심을 나누면 그게 친구지.”

아카데미 학생들이 들었다면 기절하고도 남을 법한 발언이었다. 호메이르 남작을 바라보는 라나사의 따뜻한 눈빛을 보고 어느 누가 감히 얼음 여신이라 칭할 수 있겠는가.

“호메이르 남작님도 충분히 친구가 될 수 있다는 뜻이에요. 바율이라면 아마 벌써 그렇게 생각하고 있을걸요?”

“헉! 저, 저를요?”

“그럼요. 이미 사람들을 구한다는 목적 하나로 마음을 함께했잖아요. 게다가 재는 저와 달리 착해 빠졌거든요. 출세나 그런 것보단 진짜 좋은 사람을 곁에 두고 싶어 할 만큼.”

"기사님…… 아니, 레이디께서도 좋은 분이십니다! 자이아를 위해 그런 거금을 선뜻 내놓아 주셨잖아요."

"누님."

"예?"

"그냥 누님이라고 불러요. 레이디는 너무 낯간지럽고, 솔직히 기사님이라는 말이 기분 째지게 좋기는 한데, 아직 정식 기사가 아니니까. 아니다. 생각해 보니 남작님이시구나. 라나사 양이라고 부르는 게 맞는 건가?"

나이는 어리지만, 작위를 생각하니 정확히 뭐라고 칭해야 할지 헷갈렸다. 여태 이런 경험이 없었기에 더 그랬다.

"저, 허락만 해 주신다면 누님이라고 부르고 싶습니다."

"정말요?"

"네! 제가 사실 가족도 없이 혼자 지내다 보니…… 그런 호칭이 좀 부럽기도 했고, 그래서……."

얼굴까지 붉히며 더듬더듬 말하는 모양새가 아무래도 진심으로 그러고 싶은 눈치였다.

"저는 괜찮지만…… 보는 사람들이 뭐라고 할지……."

제가 먼저 제안하긴 했지만, 사실 그건 다소 충동적이었다. 어린 나이에 신념을 잃지 않고 영지민을 챙기는 모습에서 호감을 느껴 저도 모르게 그런 말이 튀어나온 것이다.

"공식적인 자리만 아니라면 괜찮지 않나?"

"그런가?"

곁에서 말없이 걷기만 하던 로건이 한마디 툭 건네자 라나사가 길게 고민하지 않고 시원하게 결정했다.

"좋아요. 어차피 자이아의 투자가로서 앞으로 자주 봐야 하는 사이인 만큼, 친하게 지내요."

"저는 스탠리라고 합니다. 라나사 누님께서도 편하게 이름으로 불러 주세요."

"그럴까요, 스탠리? 멋진 이름이네요."

칭찬하는 라나사의 입가에 환한 미소가 걸렸다. 그 아름다운 웃음에 스탠리는 느닷없이 심장이 쿵쾅거렸다.

안 그래도 태어나서 이렇게 예쁜 사람은 처음 본다고 홀로 생각했더랬다. 그런데 그런 사람의 밝은 표정을 바로 코앞에서 마주하자, 일순 그녀만 남기고 세상이 온통 흑백으로 보이는 듯한 착각이 일었다.

'쯧쯧.'

로건은 속으로 혀를 찼다.

아카데미 내에서 자주 일어나는 현상이 설마 자이아에서까지 재생산될 줄은 몰랐다.

앞으로 사촌 누나를 좀 단속시켜야 할 필요성을 느끼며 로건이 화제를 돌렸다.

"다 온 것 같은데?"

"어? 그러네."

어느덧 앞서가던 일행이 멈춰 서 있었다. 그들에게 가까이 다가가자 맥 보좌관이 지도를 펼치고 손가락으로 어느 한 지점을 가리켰다.

"여기쯤인 듯합니다."

"산세와 지형을 보니 맞는 것 같네요."

이언의 말에 퀸과 일라이가 주위를 둘러보며 고개를 끄덕거렸다. 템페스타 덕에 매캐한 냄새와 연기에서 벗어난 그들의 눈앞으로 그야말로 붉은 대지가 펼쳐져 있었다.

"어, 어라. 여긴 원래 사람이 발을 드밀 수조차 없는 곳이었는데, 어떻게……?"

라나사에게 잠시 정신이 홀려 스탠리는 제가 있는 장소가 어디인지도 이제야 인지했다. 당장은 흙으로 뒤덮여 있기는 하나, 여긴 언제 폭발할지 모르는 시한폭탄과도 같았다. 실제로 지금도 시뻘건 불빛이 곳곳에서 그 음험함을 드러내고 있었다.

"지금은 스피넬이 열 조절을 해 주고 있으니까요."

"…스피넬이요?"

"참, 아직 불의 정령을 보지 못하셨죠."

스탠리가 눈을 둥그렇게 뜬 채 그게 누구냐는 듯 묻자, 바율이 곧장 사대 정령을 소환했다.

“……!”

그에 스탠리는 말문이 막힐 수밖에 없었다. 대륙 전체를 떠들썩하게 만든 그 실체를 마주하는 순간이었다. 그나마 땅의 정령은 아주 잠시나마 동굴에서 보긴 했지만, 넷이 함께 있으니 또 다른 느낌이었다.

물과 불, 바람과 땅.

굳이 알려 주지 않아도 각각 어떤 속성인지 바로 알아차릴 수 있을 만큼 정령들은 개성이 뚜렷했다.

호메이르 남작의 시선은 넷 중에서도 불의 정령 스피넬에게 고정되어 있었다. 그녀가 자이아의 불을 해결할 것임을 직감으로 안 것이다.

온몸이 활활 타오르는 불꽃으로 뒤덮인 소녀를 바라보던 스탠리는 돌연 허리를 꾸벅 숙였다.

“부탁드립니다.”

여태 그 누구도 정령들에게 이런 식으로 공손하게 표현한 사람은 없었었다. 응당 감사해하기는 했으나, 그 모든 인사치레는 바율의 몫이었다.

그때마다 바율은 민망해지곤 했었는데, 이번에는 왠지 그러지 않아도 될 것 같다는 예감이 들었다. 저보다 먼저 정령들의 노고를 생각해 주는 호메이르 남작의 마음 씀씀이가 대견하기도 했다.

"스피넬."

"네, 바율 님."

"이 정도는 이제 쉽게 가능한 거, 맞지?"

바율이 남작 앞에서 당당할 수 있었던 이유는 스피넬에게서 전해지는 자신감 때문이었다. 심지어 한차례 자이아의 불을 진압했던 경험이 있는 녀석에게서 묘하게 들뜬 기색마저 느껴졌다.

"물론입니다."

"아까 그러던데, 여기 기운이 마음에 든다고."

일라이가 애정 어린 눈길로 스피넬을 쳐다보며 바율의 귀에 대고 작게 속닥였다.

"근데 나도 그래. 화산 지대도 아닌데 특이하단 말이지."

"라이, 너까지?"

"어. 너흰 모르겠지만 사실 불도 그 느낌이 전부 다르거든? 근데 여긴 이곳 인간들에겐 미안한 말이지만, 내가 레어로 삼고 싶을 정도야."

"혹시 너무 오랜 시간 타올랐기 때문에 그런 걸까?"

"글쎄. 정확한 이유는 나도 모르겠어. 아빠한테 물어볼까 봐. 그러고 보니 벌써 본 지 꽤 됐네."

차마 보고 싶단 말까진 입에 담지 않았지만, 일라이의 보석 같은 두 눈에 들어찬 건 분명한 그리움이었다. 그렇게 미워할 때는 언제고, 인제 보니 어리광쟁이가 따로 없었다.

"곧 개강이니 뵐 수 있을 거야."

일라이를 이리저리 끌고 다니는 게 본인이다 보니 바율은 조금 미안한 감정이 들기도 했다. 드래곤 부자의 빠른 상봉을 위해서라도 서둘러 자이아의 일을 해결하고 돌아가야겠다.

"스피넬, 그럼 시작할까?"

바율의 말이 끝나자마자 사대 정령이 날아올랐다. 가장 큰 역할을 할 스피넬을 중심으로, 이노센트와 템페스타, 셰임이 녀석을 둘러싸는 형태였다.

늘 그랬듯이 스피넬의 힘이 부족하다 싶으면 세 정령이 도울 것이다. 전과 다른 건 이노센트가 정령왕이 되었다는 점이다. 물론 녀석이 구체적으로 어떤 식으로 도움이 될지는 바율로서도 아직 미지수였다.

공중으로 부양하던 정령들은 어느 지점에서 약속이라도 한 듯 멈춰 섰다.

밑의 사람들이 저마다 조마조마한 심정으로 올려다보던 찰나였다. 별안간 땅 아래에서 엄청난 폭음이 연속적으로 울렸다. 이어 푹 꺼지듯 지면이 속속들이 내려앉았다.

"으아악!"

하나 비명을 지르는 건 호메이르 남작뿐이었다.

바율이 바람의 힘으로 일행을 허공에 띄웠고, 일라이가 그 즉시 보호 마법을 시전했기 때문이다.

콰쾅!

거대한 불꽃놀이가 시작된 것은 그때였다. 자이아의 곳곳에서 화마가 피어올랐다. 이전까지와는 비교조차 할 수 없을 정도로 어마어마한 규모였다.

그에 호메이르 남작이 소리조차 내지 못한 채 망연한 표정을 짓는 순간, 그로서는 이해할 수 없는 기이한 광경이 펼쳐졌다.

무시무시한 기세를 뿜어내며 타오르던 불길이 어느 한 지점으로 모여든 것이다. 그곳이 어디인지는 굳이 말할 필요도 없었다.

스피넬이라 불리는 불의 정령.

그녀가 자이아의 불을 통째로 집어삼키고 있었다.

"와! 내가 백 년이 넘게 살면서 본 장면 중에 최고로 멋있다!"

흥분한 일라이의 목소리가 보호막 안쪽에서 쩌렁쩌렁하게 울렸다. 불빛에 반사된 탓에 녀석의 붉은 머리칼과 눈동자가 평소보다 더욱 짙은 색을 분출하고 있었다. 마치 발화라도 하듯이.

"온종일 보고 있어도 질리지 않을 것 같아. 가슴이 이렇게 뛰기는 처음이라고!"

자이아의 불을 모조리 끌어다가 흡수하고 있는 스피넬의 모습은 흡사 거대한 활화산 같았다.

검은 연기가 먹구름처럼 태양을 가리고, 지상에선 사나운 불꽃이 끊임없이 튀어 올랐다.

이러다 인류가 멸망이라도 하는 건 아닐까?

지독한 환경에서 지금껏 독하게 버티며 살아온 호메이르 남작이었건만, 그런 그에게도 눈앞의 현실은 종말을 떠올리게 하기에 충분했다.

인간이라곤 도저히 믿기 어려운 용모를 한 저 붉은 머리 소년의 표정만 아니었다면 아마 이대로 혼절을 하고도 남았을 터였다.

처음엔 미처 주변 인물들까지 살필 겨를이 없었다. 제가 줄기차게 도와 달라 서신을 보냈던 란데르트 백작이 드디어 자이아에 왔다는 데 온 신경이 쏠려 있었기 때문이다.

그런데 정신을 차리고 다시 보니 하나같이 분위기가 범상치 않았다. 단순히 아카데미 학생으로만 치부하기엔 다들 굉장히 중요한 무언가를 품고 있는 듯한 느낌이랄까.

그런 혼란한 와중에 작금의 지옥 같은 상황을 보고 기꺼워하는 일라이를 목격했으니, 호메이르 남작의 안색은 당연히 멀쩡할 수 없었다.

"야, 라이! 넌 제발 입조심 좀 해라!"

"내가 뭘 어쨌다고? 왜 또 시비야."

퀸이 갑작스레 날카롭게 쏘아붙이자 일라이가 인상을 와락 찌푸렸다. 저만의 행복한 시간을 방해라도 받았다고 생각하는 표정이었다.

"여기 너만 있는 거 아니잖아."

"나도 알아. 그게 뭐가 어떻다고?"

"정정할게. 우리끼리만 있는 게 아니란 소리야."

"그래, 우리 말고도 어린애가 한 명 더 있긴 하지. 내가 그걸 그새 잊었을까 봐 가르쳐 주는 거냐?"

"어."

"뭐야?"

퀸의 순순한 대꾸가 오히려 일라이의 짜증을 부추겼다. 그러나 그의 파란 눈이 어딘가를 가리키고, 그것을 좇던 일라이의 시선이 자연스레 호메이르 남작에게 닿은 순간, 그제야 녀석은 이 실랑이의 원인을 알아차렸다.

아닌 게 아니라 상대가 마치 귀신이라도 본 듯한 얼굴을 하고 있었기 때문이다.

이해는 갔다.

스피넬의 제어로 이 모든 현상이 이뤄지는 것이었지만,

평범한 인간의 눈에는 그저 지옥도나 다름없을 터였다.

온 세상이 화마로 뒤덮인 모습을 보고 기뻐하며 웃어 댔으니 미친놈이라 여겨도 할 말이 없었다.

그나마 다행인 건, 시각적인 효과가 너무 크다 보니 백 년 어쩌고 하는 말까지는 듣지 못한 기색이었다. 그랬다면 그냥 저렇게 얼어붙는 정도에서 그치지 못했을 테니까.

"아하하! 내가 너무 흥분을 했네."

태어나 처음 마주한 장관에 감정이 벅차 속내를 숨기지 못했다. 일라이는 어색한 웃음을 남발하며 급조한 티가 역력한 변명을 늘어놓았다.

"스피넬이 언제 이렇게 큰 거지? 처음 봤을 땐 완전 꼬꼬마였는데. 그랬던 녀석이, 지금 하는 꼴 좀 봐. 감동적이지 않냐?"

스피넬의 하급 정령 시절 모습은 바율 외엔 아무도 보지 못했다. 거의 그를 만나자마자 중급으로 승급했기 때문이다. 그러니 친구들이 기억하는 녀석의 첫 모습은 '완전 꼬꼬마' 가 아닌 십 대 소녀여야 했다.

하지만 지금은 그런 오류를 지적할 상황이 아니었다. 호메이르 남작이 더 이상한 생각을 가지기 전에 분위기를 환기할 필요가 있었다.

"나도 감격스러워. 자이아의 불을 꺼뜨리는 건 내게도

꼭 이루고 싶은 바람이었거든."

바율의 발언에 남작의 눈길이 자석에 이끌리듯 옮겨 갔다. 그의 관심을 돌리기 위해 부러 한 말이었지만, 바율의 진심이기도 했다.

"스피넬의 기운이 점점 세지는 게 느껴져. 반대로 자이아의 열기는 빠르게 줄어드는 중이고."

눈앞에선 여전히 맹렬하게 불길이 타오르고 있었지만, 사실 불꽃은 아래에서 위로 계속해서 이동 중이었다.

"영지민들에게 피해는 없겠지?"

"그건 걱정하지 마. 일부러 그걸 고려해서 여길 택한 거니까."

사람이 살지 않는 동시에, 불길을 내뿜게 만들어도 인근에 영향이 없는 장소를 고르고 골라 택한 곳이었다.

라나사의 물음에 바율이 자신 있게 답하자 비로소 호메이르 남작의 낯에도 작은 안도감이 들어섰다.

우르르! 쾅쾅!

천지를 흔들고도 남을 법한 굉음이 일행의 고막을 깨뜨린 것은 그때였다. 이제 처음과 같은 폭발은 없을 거라 생각하던 차였기에 다들 휘둥그레진 눈으로 황급히 아래를 내려다보았다.

"뭐, 뭐야?"

"저 밑에 석탄 괴물이라도 숨어 있는 건가?"

보호 마법으로 완벽히 차단되어 있다지만, 그래도 겉으로 보기엔 사방이 훤히 뚫린 상태였기에 무섭지 않은 건 아니었다.

"불길이 훨씬 거세지고 있어!"

"갑자기 왜 이러지?"

불과 조금 전 바율이 열기가 줄고 있다고 말했거늘, 현 상황은 정반대였다. 계속해서 들려오는 폭음은 귀를 틀어막아야 할 만큼 소리가 컸다.

"바율! 스피넬은 괜찮은 거야?"

"무리해서 역반응이 일어나는 건 아니지?"

친구들은 비명이라도 지르듯 바율을 향해 소리쳐 물었다. 그러나 그마저 폭발에 묻혀 제대로 전달되지 않았다.

아니, 애초에 바율은 그들의 질문에 제대로 답할 정신이 없었다.

이 느낌은 설마……?

방금까지만 해도 전혀 감지하지 못했었다. 그런데 세상이 개벽하듯 폭음이 연달아 일어난 순간, 바율은 머리털이 쭈뼛 서는 듯한 감각에 휩싸였다.

그의 몸에 숨겨진 전대 정령왕의 기운, 특히 그중에서도 불의 기운이 기민하게 반응하고 있었다.

환희와 그리움이 한데 섞여 들끓어 올랐다.

화산 지대도 아닌데 자이아가 특별히 마음에 든다던 일라이와 스피넬의 말이 불쑥 머릿속을 적셨다.

"바율, 이거……."

당황하는 친구들과 달리, 무언가를 감지한 듯한 눈빛의 일라이가 바율을 쳐다보며 웅얼거리듯 말했다.

"어…… 맞는 거 같아."

녀석의 물음은 지나치게 함축적이었지만, 바율은 용케 알아들었다. 그가 놀란 기색을 가까스로 삼키며 고개를 겨우 끄덕이는 찰나였다.

별안간 땅속에서 뭔가가 솟구쳤다.

한 개, 두 개, 세 개…… 모두 합쳐 총 열두 개였다. 그러나 그게 정확히 뭔지는 볼 수 없었다. 그러기엔 너무나 빠른 속도로 지나쳤기 때문이다.

콰아아앙!

뭐지?

의문이 미처 가시기도 전, 이번에는 돌연 공중에서 폭발이 일어났다. 지상을 뚫고 튀어나온 열두 개의 그것이 스피넬과 충돌하며 장엄한 광경을 연출했다.

이어 걷잡을 수 없는 불길이 허공을 수놓았다. 하나 그런 와중에도 기이하리만치 아무런 작용이 보이지 않았다. 불티는커녕 검은 연기조차 피어오르지 않은 것이다.

오로지 시뻘건 불꽃만이 하늘 한복판에서 거대하게 타올랐다.

그렇게 얼마나 지났을까.

자이아를 넘어 제국 전체를 집어삼킬 기세로 타오르던 불씨가 서서히 줄어들더니, 어느 순간부터 모종의 형태를 띠기 시작했다.

"바, 바율……."

"저거 지금……."

로건과 라나사가 거의 동시에 손을 들어 스피넬을 가리키며 말을 더듬었다.

혹시나 하는 기대를 전혀 하지 않았다면 거짓말이었다. 이노센트도 물의 정령왕이 되었으니, 스피넬도 어쩌면 정령왕이 될 수 있지 않을까 하는 마음이 모두에게 있었다.

하지만 기대가 크면 실망도 큰 법이기에 애써 그런 말들을 속으로만 삼켰었다.

"대박……."

"스피넬까지 정령왕이 되다니……."

"에이단이 돌아오면 엄청나게 억울해할 것 같은데……."

아직 윤곽만 보일 뿐, 완전한 변화를 완성하지도 못한 채였다. 그럼에도 친구들은 들뜬 기색을 숨기지 못하고 멍하니 아무 말이나 뱉어 냈다.

그렇게 또 얼마간의 시간이 흘러갔다. 어느 틈엔가 이노센트와 셰임, 템페스타가 바율의 지척에서 함께했다. 녀석들도 스피넬에게 중요한 순간임을 인지한 건지 쥐죽은 듯 입을 다물고 있었다.

그때였다.

일순간 대기가 멈춘 듯한 착각과 더불어 눈 부신 빛이 일대를 뒤덮었다.

그것은 아주 찰나였다. 다시금 시야가 트였을 때, 일행의 앞에 나타난 건 붉은색 머리칼을 길게 늘어뜨린 아리따운 젊은 여인이었다.

포니테일로 머리를 높게 묶던 상급 정령일 때와는 완전히 다른 외모로 변신한 그녀는 바로 스피넬이었다.

불의 정령왕으로 승격한 그녀에게선 늘상 주변에서 활활 타오르던 불꽃이 보이지 않았다. 물론 그럼에도 마치 그녀의 주변을 뜨거운 화마가 둘러싸고 있는 듯한 기분은 여전했다.

"스피넬."

바율의 나직한 부름에 스피넬이 기다렸다는 듯 허공을 가로질러 날아왔다. 가까이에서 본 그녀는 실로 그림처럼 아름다웠다.

하얀 얼굴에 뚜렷한 이목구비를 가진, 어딘지 일라이를 닮은 듯한 절세 미녀.

이노센트가 가녀리고 청순한 이미지라면, 스피넬은 그보다 성숙하고 화려한 느낌이었다.

"축하해."

"바율 님 덕분입니다."

스피넬이 미소 짓자 일라이가 돌연 그녀를 덥석 끌어안았다.

"스피넬! 완전 축하해! 내가 진짜, 지금 너무 감격해서 뭐라고 말이 안 나온다!"

녀석은 어째 바율보다 더 좋아하는 기색이었다. 처음 마주했을 땐 얼떨떨하게 보기만 하더니, 느닷없이 스피넬을 껴안고 법석을 떨었다.

"내가 이렇게 예쁠 줄 알았다니까! 심장 폭행당했다고!"

"저기, 라이…… 알았으니까 진정 좀 해."

"야, 너 자꾸 상황 파악 못 할래? 아무리 스피넬이 좋아도 그렇지, 정신 좀 차려!"

호메이르 남작이 있다는 걸 계속 잊는 듯한 일라이의 태도에 퀸이 재차 경고했다. 문제는 스피넬로 인해 아까보다 더 흥분 상태인 일라이에겐 전혀 먹히지 않는다는 것이었다.

결국 바율은 녀석을 포기하고 스피넬에게 부탁했다.

"스피넬, 우리 하던 건 마저 해야지?"

"네, 바율 님."

지상의 불길이 많이 사그라지긴 했지만, 여전히 완벽하게 연소되지는 못한 상태였다. 그걸 알고 있던 스피넬은 고개를 끄덕이며 가볍게 손가락을 튕겼다.

파핫!

그리고 벌어진 상황에 바율은 깜짝 놀라 숨을 훅 들이켰다. 친구들도 이게 뭔 일인가 싶어 이리저리 아래를 훑어보았다.

"불이⋯⋯ 꺼졌는데?"

"이렇게 쉽게⋯⋯?"

스피넬이 고작 손가락을 한 번 튕겼을 뿐인데, 그토록 오랜 시간 자이아를 괴롭히던 불꽃이 한순간에 점멸했다.

기가 막힌 눈으로 모두가 스피넬을 바라보자 그녀가 붉은 눈동자를 빛내며 방긋 웃었다. 이 정도는 아무것도 아니라는 듯.

## 2.

실내가 시끌벅적 요란스러웠다. 정령왕이 된 스피넬을

축하하는 말들이 끊이지 않고 쏟아졌다. 다들 상급 정령일 때와는 분위기가 완전히 달라졌다며 난리였다.

그 소란함의 일등 공신은 단연코 일라이였다. 녀석은 마치 잃어버렸던 동족과 수십 년 만에 상봉이라도 한 듯 쉬지 않고 입을 놀리며 스피넬의 주변을 얼씬거렸다.

벌겋게 상기된 얼굴은 녀석이 현재 얼마나 신이 난 상태인지를 뚜렷하게 증명하고 있었다.

그러나 일라이가 다소 유난스러울 뿐, 그렇게 격앙된 감정은 비단 그 하나만 느끼는 중은 아니었다.

드디어 자이아의 불을 꺼뜨렸다.

바율은 아카데미에 입학하고 얼마 되지 않아 이노센트를 만났고, 정령사로서 어느 정도 자각을 하게 되었다. 그리고 그때쯤 지리 수업을 통해 자이아의 실태를 전해 들었다.

당시엔 백 년이 넘도록 불이 꺼지지 않는다던 말을 곧이곧대로 믿기 어려웠다. 그만큼 큰 충격이었다.

자신에게 그 불을 꺼뜨릴 수 있는 능력만 생긴다면, 정말 모든 일을 제치고 가장 먼저 달려가고 싶다는 생각을 할 정도였다.

사대 정령이 승급하고, 그가 정령의 힘을 점점 각성하는 동안에도 자이아는 일종의 짐처럼 항상 마음 한편에 무겁게 자리 잡고 있었다.

한데 마침내 그 짐을 내려놓을 순간이 온 것이다.

바율로서는 감개가 무량할 수밖에 없었다. 이곳이 사람이 살기에 얼마나 악조건이었는지를 두 눈으로 직접 목격하였기에 뿌듯함은 더욱 컸다.

"그런데, 아까 그거 뭐야? 갑자기 땅에서 뭐가 연거푸 솟구쳐 올라왔잖아."

"맞아. 그게 어떤 계기가 된 것 같았는데."

호메이르 남작은 자이아의 불이 완전히 꺼졌는지 직접 확인해야겠다며 자리를 비웠다. 맥 보좌관도 상황을 살펴보고 오겠다며 그와 함께했고, 바율이 그런 그들의 호위를 위해 이언을 딸려 보냈다.

여태 남작의 존재가 은근히 부담스러웠던 일라이는 이제야 대놓고 시원하게 질문을 퍼부었다.

"정령석 같은 건가? 너무 빨라서 내 눈에도 잘 보이지 않더라. 근데 하나같이 시뻘건 불을 내뿜고 있었어."

"그건 전대 불의 정령왕이신 이스크라플라모 님께서 만일을 위해 남겨 두신 것입니다."

"이스크라플라모?"

"그게 전대 불의 정령왕의 이름이야? 오오, 역시 다른 정령왕들과는 차원이 다르네! 이름에서 격이 느껴진다, 느껴져!"

불과 관련된 거라면 일라이에겐 뭐든 특별해지는 모양이었다. 아직 전대 땅의 정령왕의 이름에 대해선 들은 바가 없음에도 녀석은 벌써부터 최고라며 야단이었다.

그렇게 좋니?

에이단이 있었다면 진즉에 비꼬는 말투로 한마디 하고도 남았을 터였다.

하지만 퀸과 세이모어가의 두 남매는 못 말린다는 양 그저 고개만 설레설레 내저었다.

"정령석과는 조금 다르지만, 비슷합니다. 다만 그건 불의 정령인 저에게만 유효하지요. 정령석이 자연재해를 막고 승급하는 데 필요한 각성의 재료라면, 이건 일종의 증폭제라고 할 수 있습니다."

"증폭제?"

"네. 정령석을 만드시고 남은 기운을 뿌려 두신 셈입니다. 어떤 식으로든 인간계에 조금이라도 더 도움을 주시고자 노력하신 거죠."

정령왕이 된 스피넬은 예전에 기억의 조각을 얻었던 때처럼 막힘없이 차분하게 설명해 주었다.

"안타까운 건 하필이면 그것이 자이아에 떨어졌고, 한참 후지만 탄전에 불이 났었다는 점입니다. 물론 이곳의 자연환경이 가장 큰 문제였겠으나, 이스크라플라모 님의 기운도 어느 정도 영향을 끼쳤을 게 분명합니다."

"그러고 보니, 설마 그 기운 때문에 내가 여기를 남달리 더 마음에 들어 했던 건가?"

"네, 라이 님. 그럴 겁니다."

"와아, 상황 참 뭐했네. 그나마 우리가 수습했으니 이걸 다행이라고 해야 하나?"

화마로 인한 영지민의 고통을 단편적으로나마 모두가 목도했다. 한데 전혀 의도한 바는 아니지만, 거기에 전대 불의 정령왕의 책임이 조금은 있다고 하니 일순 할 말이 없었다.

"어쨌든 지금의 화재를 진압한 건 스피넬이잖아. 그리고 결국 전대 불의 정령왕의 안배 덕에 이렇게 정령왕이 되기도 했고."

안 좋은 방향으로 보탬이 되었다고는 하나, 바율은 그렇다고 죄책감을 느낄 필요는 없다고 생각했다.

"중요한 건 과거가 아니라 현실이야. 앞으로 어떻게 자이아를 가꾸고 변화시킬지, 이제는 거기에 초점을 맞춰야지. 제국 어느 도시보다 살기 좋은 곳으로 만드는 게 이곳 영지민들이 그간 겪어 왔던 고통을 조금이라도 덜어 줄 방법일 거야."

청산유수처럼 말을 내뱉는 바율을 친구들이 조금은 놀란

기색으로 쳐다보았다.

"너…… 우리가 알던 바율 맞아? 뭐가 이렇게 씩씩해?"

"갈수록 늠름해진다, 엉?"

"다 컸네, 다 컸어."

"혼자만 너무 훌쩍 커 버리면 곤란한데."

친구들이 각자 팔짱을 끼며 한 걸음씩 뒤로 물러서더니, 약속이라도 한 듯 동시에 바율을 아래위로 훑었다. 다분히 놀리는 기색이 완연했지만, 그들 눈에 들어찬 건 분명한 자랑스러움이었다.

지금 이 모습을 보고 어느 누가 입학 때의 바율을 떠올릴 수 있겠는가.

아직도 바율이 갑자기 기절하는 건 아닐까 간혹 걱정이 들긴 하지만, 모순적이게도 그런 바율이 곁에 있을 때 가장 안심이 되는 그들이었다.

친구들로 하여금 바율은 그렇게 여러 감정을 불러일으키는 특이한 녀석이었다.

"내가 뭘 어쨌다고……."

친구들이 한꺼번에 저를 놀리자 바율의 얼굴에 오랜만에 홍조가 피었다. 자신 있게 말할 때는 언제고 금세 부끄러워하는 그 모습에 이번에는 다들 웃음이 터졌다.

"미우우우!"

기다렸던 울음소리가 일행의 귀를 파고든 것은 그때였다.

"잉그리드야!"

"드디어 에이단이 리타를 데리고 온 건가?"

"큭큭. 그 녀석, 스피넬 보면 완전 깜짝 놀라겠네."

중요한 광경을 놓쳤다며 난리를 피울 에이단을 상상하니 일라이의 입가에 사악한 미소가 번졌다.

"얼른 가 보자!"

불을 꺼뜨렸으니 이제 정말 가장 중요한 일만 남았다. 바율을 선두로 우르르 밖을 향해 뛰어나갔다.

"……."

구석에서 아무 말도 없이 홀로 있는 템페스타가 조금 신경 쓰이긴 했지만, 녀석을 위로하는 건 저녁때까지 잠시 미루기로 했다. 우선은 리타에게 상황 설명을 해 주는 게 제일 시급했기에.

## 3.

"도련님!"

바율이 문을 열고 나가자 리타가 잉그리드의 등에서 막

내려서고 있었다. 바율을 보고 득달같이 달려오는 그녀의 얼굴엔 반가움이 가득했다. 물론 그런 한편엔 자신을 왜 여기로 데려왔는지에 대한 의문 역시 담겨 있었다.

실제로 리타가 에이단에게 들은 말이라곤 바율이 아주 중한 일로 저를 찾는다는 것뿐이었다. 그래서 앞치마도 내팽개치고 바로 잉그리드의 등에 올라탔다.

바율에게 혹시 무슨 일이 생긴 건가 싶어 순간 심장이 철렁했지만, 그런 건 절대 아니라는 얘기에 겨우 안도했었다.

그러다가 대체 무슨 일에 자신이 필요하다는 건지 의아함이 들기 시작했다. 그 의문은 캐링스턴에 들러 절망의 신전 사제들을 태우면서 더욱 커졌다.

앞서 바율이 설명은 자신이 하겠다고 에이단에게 미리 말해 둔 까닭에 에이단은 가타부타 자세한 언급을 하지 않았다. 때문에 리타뿐 아니라 신전의 사제들도 어리둥절하긴 마찬가지였다.

다만 그들은 그러면서도 '때가 되었다' 고 말하던 에이단의 전갈에 희망과 기대에 잔뜩 부푼 상태였다. 기쁨을 주체할 수 없어 날아오는 동안 말실수를 몇 번 하긴 했으나, 다행히 리타는 눈치채지 못했다.

바율이 그녀가 제 능력을 깨닫는 것에 얼마나 조심스러워하는지 잘 아는 그들이기에 입을 다무느라 혼났다.

"리타, 어서 와."

"저는 무슨 일로 부르신 거예요? 괜찮으신 거 맞죠? 어디 아프신 덴 없고요?"

바율을 실물로 접한 리타는 그나마 남아 있던 긴장이 풀렸다. 아무리 에이단이 걱정 말라고 했다지만, 그녀의 성격상 완전히 그럴 수가 없었다.

멀쩡한 바율의 모습을 보고 나서야 리타는 한시름 놓으며 저를 부른 연유에 대해 물었다.

"난 괜찮아. 그보다 오는 데 힘들진 않았어?"

"힘들긴요. 바람을 타고 난 적도 있는걸요? 보세요. 아무렇지도 않아요."

리타가 양팔을 쫙 펼치며 씨익 웃었다. 이전에 템페스타의 도움을 받았을 땐 멀미를 했었는데, 그게 경험이 된 건지 이번에는 고소 공포증조차 느끼지 못했다. 아무래도 잉그리드의 부드러운 깃털 덕인 것 같기도 했다.

"바율 님."

그때, 리타의 뒤에서 바그너 사제가 조심스럽게 바율을 불렀다. 그의 옆에는 다레온 사제와 조르지오 주교가 나란히 서 있었다.

반짝반짝 빛나는 세 쌍의 눈을 마주하자 바율은 순간 자신이 잘못된 결정을 한 건 아닐까 하는 후회가 아주 조금 몰려들었다.

지금도 저만 보면 위대한 첫 번째 정령사라며 낯간지러운 칭송이 줄을 잇는다. 한데 거기에 절망의 신전 최초의 성현이란 타이틀이 하나 더 붙게 된다니. 생각만 해도 목덜미가 뻣뻣해지는 느낌이었다.

하지만 무엇보다 가장 큰 걱정거리는 바로 리타였다.

곧 많은 이들로부터 성녀라 추앙받게 될 것이다.

그걸 잘 감당할 수 있을까?

녀석에게 그에 대해 어떤 식으로 설명을 해 줘야 할까.

분명 자이아의 수많은 병자를 치료하기 위해, 그리고 나아가 더 많은 편을 만들기 위해 어쩔 수 없는 선택이었다. 하지만 그러면서도 바율은 여전히 리타가 아무것도 모르길 바라는 마음이 한 자락 남아 있었다.

아무리 천계와의 전쟁에 도움이 된다고 할지라도, 녀석만은 평온하게 근심 없이 지낼 수 있었으면 하는 게 바율의 순수한 바람이었다.

진실을 알고 나면 누구보다 열심히 할 녀석의 성정을 알기에 더욱 그런 걸지도 몰랐다.

"일단 안으로 모시겠습니다."

"어머나. 여태 여기서 머무신 거예요?"

변변한 가구 하나 없는 낡고 초라한 저택이었다. 그간 바율이 이런 곳에서 지냈을 걸 생각하니 리타는 말도 못 하게 속이 상했다.

"하늘에서 보니까 불은 꺼진 것 같던데, 어떻게 된 거냐?"

"응, 조금 전에 스피넬이 정리했어."

뒤에서 에이단에게 그간의 일을 설명하는 친구들의 음성이 들려왔다. 그러자 중간에 '뭐? 내가 없는 사이에 그런 일이 있었단 말이야?' 하고 고래고래 소리치는 에이단의 외침이 고막을 때렸다.

"여기 앉으세요."

에이단을 진정시키느라 친구들은 안으로 들어오지도 못했다. 해서 바율과 리타가 나란히 착석하고, 그 앞으로 조르지오 주교와 바그너 사제, 다레온 사제가 자리를 잡았다.

데스는 따라오긴 했지만, 저와는 상관없는 일이라는 듯 멀찍이 떨어진 책상에 비딱하게 기대어 섰다.

"우선 갑작스러운 요청에도 불구하고 선뜻 와 주신 점 감사합니다."

"아이고, 무슨 그런 말씀을 하십니까! 성현께서 부르시면 당연히 와야지요!"

"맞습니다! 언제 어디든 불러 주시기만 하십시오. 열 일 제치고 달려오겠습니다!"

"…성현이요?"

리타가 눈을 동그랗게 뜨며 고개를 갸웃했다.

"저희 도련님이 왜……?"

성현이 무엇을 뜻하는지 정도는 리타도 알았다. 그리고 눈앞에 계신 분들은 절망의 신전 사제님들이었다. 그곳에서 주기적으로 봉사를 해 왔기에 리타에겐 나름 친숙한 분들이기도 했다.

한데 왜 그런 사제님들이 제 도련님에게 성현이라는 호칭을 쓰는 건지 그녀는 도통 이해가 가지 않았다. 자신 때문에 몇 번 신전에 함께 가시긴 했지만, 도련님은 신도도 아니셨다.

"리타, 그게 말이지."

바율은 관자놀이를 살짝 짚으며 어렵게 운을 뗐다.

"…아무래도 우리가 절망의 신에게 선택된 것 같아."

"선택이라니요?"

"신이 우리를 특별히 여긴다는 뜻이야. 참고로 이건 신앙심과는 별개라서, 신도가 아니어도 가능한 거래."

"아, 그래서 도련님을 성현이라고……!"

이해한 듯 중얼거리던 리타가 문득 이상함을 느끼고 턱을 빳빳이 들었다.

"근데 왜 우리예요? 꼭 거기에 저도 포함된다는 말씀처럼 들리잖아요."

"맞아. 리타도 같이 선택당한 거."

"예에?"

안경 너머 리타의 눈이 그게 무슨 해괴망측한 소리냐는 듯 일그러졌다.

"작년에 몬스터가 아카데미에 난입했을 때, 신전에서 봉사했던 거 기억해?"

"네……."

"그때 환자들의 상처가 기적처럼 빨리 나았던 것도?"

"그럼요. 여기 계신 사제님들 덕분이잖아요."

"아니. 실은 그거 다…… 리타 네가 한 거였어."

"……?"

"사실을 알게 되면 너무 놀랄까 봐 내가 그간 말을 안 했어. 미안해."

바율의 말이라면 뭐든 믿는 리타였지만, 지금만큼은 아니었다.

제가 스스로 목격하지 않았는가. 엄청난 치료 능력을 보고 사제님들을 존경하게 되었는데, 사실은 그게 자신이 한 거라니. 도련님이 저를 놀리려고 장난을 치는 게 틀림없었다.

"…말도 안 돼요. 장난 그만 하세요. 그걸 제가 어떻게 해요? 무슨 힘이 있다고."

"있어, 그런 힘이."

바율의 시선이 잠시 리타를 지나 데스에게 닿았다.

'리타 넌 모르겠지만, 절망의 신에게 엄청난 가호를 받고 있거든. 그리고 그 힘은 앞으로도 점점 커질 거야.'

차마 녀석에게 내뱉을 수 없는 말이 바율의 입안을 맴돌았다.

'그러게 밥 좀 덜 맛있게 하지 그랬어.'

〈다음 권에 계속〉

## Chapter 10.
# 특별 외전 : 캠핑 이야기

이 외전은 본편과 전혀 상관없는 현대 버전 스토리입니다.
그냥 재미로만 봐 주세요.

# 1.

토요일 주말 아침. 이른 시각부터 란데르트 공작저가 바쁘게 돌아갔다. 평소엔 볼 수 없는 대형 승합차가 정문 앞에 주차되었는데, 현재 그 차량의 짐칸에는 용도를 알 수 없는 다양한 여러 물건이 쉴 새 없이 옮겨지고 있었다.

"어머! 데스 씨, 잠깐만요!"

리타의 외침에 오랜만에 짐꾼으로서의 실력(?)을 발휘 중이던 데스가 인상을 쓰며 멈춰 섰다.

"왜?"

"그건 그렇게 막 함부로 들면 안 된다고요. 그러다 깨져요!"

"내가 뭘 어쨌다고 그래. 잘만 들고 있구먼."

"제 말은, 조심히. 천천히 옮기란 뜻이에요. 흔들리지 않게요. 그러다 조명 깨지면 데스 씨가 책임질 거예요?"

"조명?"

"그래요! 요즘 감성 캠핑이 유행이잖아요. 조명은 감성 캠핑에서 절대 빠질 수 없는 아주 중요한 요소라고요!"

"그 감성이란 게 대체 뭔데?"

데스의 미간이 또 한 번 좁아졌다. 마치 태어나서 그런 단어는 처음 들어 본다는 양.

갑자기 캠핑인지 뭔지를 간다고 야단을 떠는 바람에 새벽부터 일어나 리타가 시키는 건 뭐든 다 했다. 그 중요한 아침밥도 거른 채로 말이다.

하루에 적어도 이십 끼는 먹어야 한다고 생각하는 그에게, 삼시 세끼 중에서 무려 한 끼를 그냥 지나쳤다는 건 기실 무척 심각한 문제였다.

당연히 예민해질 수밖에 없는 상황이었다. 그나마 리타이기에 여태껏 봐준 것이지, 다른 사람이었다면 진즉에 엎고도 남았을 터였다.

아니, 어떻게 감성을 몰라요?

하나 그런 데스의 속을 알 리 없는 리타는 되레 기가 막힌다는 얼굴로 그를 바라보았다. 너무 어이없는 질문을 받아 할 말을 잃은 것 같기도 했다.

"데스, 감성 캠핑이란 말이죠."

그때, 때마침 잉그리드와 함께 공작저에 도착한 에이단이 친절하게 설명해 주었다. 아주 적절한 예시와 함께.

"리타가 특별히 신경 쓴 고기 요리를 눈앞에 둔 데스의 심정이라고 말할 수 있습니다."

"…고기 요리?"

"네. 어때요? 방금 엄청나게 설레었죠? 심장까지 두근거렸죠?"

"당연하지."

리타가 해 준 음식이라면 다 좋아하는 데스지만, 개중에서도 특히 고기 요리엔 환장하는 편이었다. 애초에 마계 총사령관인 그가 인간계에 눌러앉아 하인 짓을 하는 연유 역시 다 그 때문이질 않은가.

"그런 게 감성 캠핑이란 거예요."

"이딴 조명을 보고 그런 황홀한 기분을 느낀다고?"

"세상은 넓고 저마다 생각은 다른 거니까요."

"다들 제정신이 아닌가 보군."

도저히 이해할 수 없다는 표정으로 고개를 설레설레 내저으면서도 데스의 움직임은 확실히 조심스러워졌다. 에이단의 비유가 어느 정도는 먹힌 셈이었다.

"오자마자 수고가 많다, 에이단."

먼저 온 덕에 그 모습을 고스란히 목격한 일라이가 멀어져 가는 데스의 뒷모습에 대고 헛웃음을 삼켰다.

"저 마족 놈들의 먹성은 아무리 봐도 불가사의야. 연구 대상감이라니까? 너희도 그렇게 생각하지?"

녀석이 획 돌아서며 대답을 구한 곳에는 진즉부터 당도했던 라나사와 로건이 있었다.

그들은 일라이의 물음에 그저 어깨만 으쓱일 뿐, 가타부타 답변을 피했다. 에이단의 말처럼 세상은 넓고 생각이란 건 다양한 법이기에.

하나 지금 굳이 그 얘기를 했다간 일라이와 말씨름을 해야 할지도 몰랐다. 아니, 틀림없이 그럴 것이다. 그래서 두 남매는 조용히 입을 다무는 쪽을 선택했다.

"근데, 퀸은 아직 안 왔어? 난 내가 꼴찌일 줄 알았는데."

"곧 오겠지. 아직 약속한 시간 되려면 15분 남았어."

"그래도 그 녀석은 매번 일찍 도착해서 기다리는 편이잖아. 그래 놓고 1분이라도 늦으면 얼마나 지랄을 해 대는데. 안 그러냐?"

"그건 그렇지."

"이상하네. 인어국에 무슨 일이라도 생긴 건가? 전화해

볼까?"

에이단은 핸드폰의 잠금 설정을 풀고, 즐겨찾기에서 '인어 왕자님'이라 저장된 번호를 꾹 눌렀다. 하지만 연결음만 계속 울리다가 이내 자동 응답 기능으로 넘어갔다.

"안 받는데?"

"그래?"

"진짜 뭔 일 났나?"

"아 씨. 모처럼 다 같이 캠핑 가기로 했는데, 이러다 파투 나는 거 아니야?"

"에이. 내가 다시 해 볼게."

티는 안 냈지만, 일라이는 꽤 들떠 있었다. 처음 가는 캠핑인 데다, 요즘 일이 많아 자주 볼 수 없었던 라예가르도 저녁쯤 합류하기로 했기에 더욱 그러했다.

오래간만에 아버지와 시간을 보낼 수 있을 거라 기대하고 있었건만, 초장부터 뭔가 삐거덕거리는 느낌이었다.

"톡 보내 보자."

"맞아. 전화를 못 받는 상태일 수도 있잖아."

라나사의 말에 로건이 고개를 끄덕이며 퀸에게 서둘러 메시지를 날렸다.

로건(로건) : 퀸, 너 어디야? 지금 오는 중이야?

미래의 만월 기사단(라나사) : 왜 연락이 안 돼? 혹시 무슨 일 생겼니?

우주 최강 미모(일라이) : 뭔 일 터진 거면 전화라도 좀 해 주든가! 걱정되잖아, 이 자식아.

잉그리드 내 새끼(에이단) : 어제까지만 해도 아무 말 없더니, 뭔데? 바쁘냐?

우주 최강 미모(일라이) : 너 설마 못 오는 거 아니지?

로건(로건) : 그냥 늦는 거였으면 좋겠는데…….

미래의 만월 기사단(라나사) : 그러게.

잉그리드 내 새끼(에이단) : 아, 개답답. 전화를 못 받으면 톡이라도 읽으라고!

우주 최강 미모(일라이) : 늦어도 구박 안 할 테니까 그냥 오기만 해. 우리가 언제 다 같이 이렇게 또 캠핑을 가 보겠냐? 엉?

이후로도 단톡방에 쭉 대화가 올라갔지만, 숫자 '1'은 지워지지 않았다.

"이 자식, 폰 아예 무음으로 해 놓은 거 아니야?"

"설마."

"오늘 캠핑 약속을 잊지 않고서야 그러려고."
"제발 아무 일 아니었으면 하는데."
"근데 바율은 읽어 놓고 왜 말이 없어? 읽씹이냐, 이 녀석은?"
"아, 저기 온다."
호랑이도 제 말 하면 온다더니, 저택 방향에서 바율이 허겁지겁 뛰어오고 있었다. 갈색 체크무늬 점퍼에 베이지색 조거 팬츠, 검은색 운동화를 갖춰 신은 녀석은 가을 캠핑에 딱 가기 좋은 차림새였다.
"얘들아, 왔으면 들어오지 않고 여기서 왜 이러고 있어? 리타가 알려 주지 않았으면 몰랐을 뻔했잖아."
"카톡 봤으면 알 거 아니야."
"카톡?"
"응, 아무래도 퀸한테 무슨 일이 생긴 것 같아. 전화도 안 받고, 톡도 안 읽네."
"헉, 정말? 나도 아직 카톡 안 봐서 몰랐어."
"으잉? 안 봤다고?"
"어."
"아닌데. 분명 숫자 1밖에 안 남았는데."
"어! 이제 사라졌다! 뭐야? 그럼 읽씹 한 게 바율이 아니고 퀸이었어?"

바율이 카톡 앱을 실행하자마자 1이 없어지는 걸 본 친구들은 하나같이 어처구니없다는 듯한 표정을 지었다.

"…내가 전화 걸어 볼게."

뭐가 어떻게 된 상황인지는 모르겠지만, 바율은 일단 퀸에게 전화를 걸기로 했다. 녀석이 빨리 나타나지 않으면 친구들의 분노가 커질 것 같았기 때문이다.

다행히 신호음이 몇 번 울리지 않아 퀸의 목소리가 들렸다.

【응, 바율.】

【퀸, 지금 어디야?】

【어디긴 어디야. 너희 집으로 가는 길이지.】

【그렇지? 친구들이 네가 안 와서 걱정된 모양이야. 다들 무슨 일이 생긴 건가 싶었나 봐.】

【일은 무슨 일. 아직 약속 시간이 지나지도 않았구먼.】

【곧 도착하는 거지?】

【어, 저기 네 얼굴 보이네.】

【내가 보인다고?】

바율은 턱을 들고 주변을 얼른 돌아보았다.

【거기 말고 반대쪽.】

핸드폰 너머에서 낮게 웃는 소리가 들려왔다. 퀸의 말대로 몸을 틀자 한쪽 손을 흔들며 걸어오는 퀸이 보였다. 바율의 시선을 좇다 그런 퀸의 모습을 발견한 친구들의 안면에 심상치 않은 기색들이 떠올랐다.

"저 자식을 그냥……!"

"우리 전화랑 톡은 다 씹더니, 바율 전화는 받아?"

"이거 고의인 거지?"

"이참에 묻어 버리자."

"찬성."

일라이의 다소 과격한 제안에 에이단이 바로 찬성했다. 로건과 라나사는 답하지 않았지만, 그렇다고 반대하는 눈치도 아니었다.

"분위기 왜 이래? 내가 늦은 것도 아닌데."

조금 전 무슨 담합(?)이 있었는지 전혀 모르는 퀸으로선 다짜고짜 적의를 드러내는 친구들이 의아할 수밖에 없었다. 바율은 만일의 사태에 대비해서 재빨리 퀸과 친구들 사이로 끼어들어 거리를 두게 했다.

"전화는 왜 안 받는데?"

"……?"

"톡은 왜 씹고?"

"그러면서도 바율 전화는 받더라?"

"이걸 대체 우리가 어떻게 해석해야 하지?"

"아, 전화 건 게 너희들이었어?"

"뭐?"

"난 또. 스팸인 줄 알았지."

이건 또 다른 반전이었다. 퀸의 천연덕스러운 대꾸에 전화를 걸었던 에이단과 일라이의 얼굴이 동시에 일그러졌다.

"너 설마…… 우리 번호 저장 안 되어 있냐?"

"어. 따로 통화한 적 없잖아. 맨날 카톡만 했지."

"그건 그렇지만……."

괘씸했지만 사실이었다. 거의 같이 지내다 보니 중요한 얘기는 만나서 하는 편이었고, 교내에서 서로 안 보일 땐 주로 문자나 카톡을 통해 연락했었다.

하지만 그렇다고 모든 의문이 풀린 건 아니었다.

"그럼 톡은 왜 씹었는데?"

"곧 도착할 거니까. 걸으면서 타자 치기 귀찮아."

"타자는 귀찮은데, 통화는 안 귀찮고?"

"너희는 안 그러냐?"

제 잘못은 조금도 인정하지 않고 또박또박 대답하는 퀸을 보고 있자니 친구들은 열불이 터졌다.

"이게 뭘 잘했다고 이렇게 당당해?"

"야! 넌 어떻게 친구 전화번호도 저장을 안 해 놓을 수가 있냐?"

"내 말이! 그럼 바율은 왜 저장해 놨어? 차별이 아주 대박이시네요, 인어 왕자님."

에이단의 빈정거림에 바율은 당황한 기색으로 발만 동동 굴렀다. 캠핑 여행을 가기도 전에 이게 대체 무슨 일인가 싶었다.

"이거냐?"

그때 퀸이 제 핸드폰 속의 번호 하나를 보여 주었다.

"지금 저장할게. 이건 라이, 너겠지?"

그러더니 빠르게 두 녀석의 번호를 연락처에 저장했다. 즐겨찾기까지 하고 보여 주는 일련의 동작들이 어찌나 군더더기 없이 깔끔한지, 에이단과 일라이가 잠시 화내는 것도 잊을 정도였다.

"근데 말이야. 그 두 번호가 우리인 줄은 어떻게 알았냐?"

"그거야 라나사와 로건은 저장되어 있으니까."

아, 그렇게 말하지 말지.

또 이렇게 한바탕 난리가 나겠구나.

바율은 저도 모르게 두 손으로 얼굴을 폭 가려 버렸다. 둘의 성격에 자기들만 쏙 빼놨다고 성질을 낼 게 너무나도 분명한 탓이었다.

아니나 다를까.

퀸을 향한 두 녀석의 눈에 점점 노기가 들어찼다. 진정시키기는 이미 늦은 듯했다.

하지만 하늘이 무너져도 솟아날 구멍은 있다고 하였던가.

컹컹! 컹컹컹!

때마침 정문 안쪽에서 재스퍼와 루비, 보석 사인방이 꼬리를 팔랑거리며 달려왔다. 그런 녀석들의 뒤로 아버지와 이언, 사다드 경이 가벼운 외출복을 걸친 채 다가오고 계셨다.

"다들 늦지 않게 왔구나."

란데르트 공작은 아들의 친구들을 보며 반갑게 웃었다.

"가을 캠핑이 그렇게 재미난다기에 내가 한 번 추진해 보았다. 모두 이왕 시간 내서 온 거, 즐기고 갔으면 좋겠구나."

"초대해 주셔서 감사합니다, 공작 전하."

"저희가 괜히 부자 여행에 눈치 없이 낀 거 아닌가 모르겠습니다."

공작 전하 앞에서 계속 화를 내고 있을 순 없었다. 해서 친구들은 입가에 경련이 이는 것도 모른 채 웃는 낯으로 저마다 다급히 인사했다.

"무슨 소리. 모름지기 캠핑이란 여럿이 가서 놀아야 제

맛이라 들었다. 그러니 그런 생각 말고 즐기다 오자꾸나."

그렇게 란데르트 공작을 선두로 일행이 하나하나 승합차에 올라타기 시작했다. 수행 기사인 사다드가 운전대를 잡았고, 이언이 그 옆의 조수석에 앉았다.

바율과 친구들, 리타와 데스 형제에 재스퍼 가족까지.

그야말로 대이동이었다.

## 2.

란데르트 공작의 명으로 사다드가 직접 예약을 했다는 캠핑장은 공작저에서 차를 타고 두어 시간 이상 가야 나오는 제법 먼 곳이었다. 최대한 숲속의 느낌을 해치지 않고 조성된 만큼 조망이 훌륭해 인기가 좋은 편이었다.

차를 타고 이동하는 동안 퀸에게 매서운 살기를 내뿜던 친구들은 결국 퀸에게서 미안하다는 말과 다시는 톡을 읽고 씹지 않겠다는 약속을 받아 낸 뒤에야 가까스로 화를 풀었다.

사실 거기엔 중간에 껴서 어찌할 바를 모르는 바율의 모습이 크게 한몫하였지만, 나머지 녀석들에겐 그 부분까지 미처 신경 쓸 틈이 없었다. 참으로 다행이라 할 수 있었다.

"제가 예약한 곳은 이 캠핑장 내에서도 명당으로 손꼽히는 장소입니다. 다들 놀라지 마십시오."

정차한 차량에서 일행이 내리자 사다드가 의기양양 말했다. 그러면서 덧붙인다는 소리가 길이 비포장도로이니 여기에서부터 짐을 들고 날라야 한다는 것이었다.

"이 많은 걸 다요?"

"우리에겐 능력 있는 짐꾼이 셋이나 있는데 무슨 걱정입니까. 안 그런가요, 리타 양?"

"그럼요! 맞는 말씀입니다!"

리타가 격하게 공감하며 옆을 돌아보았다. 그러자 데스를 비롯한 마족들이 당연한 일인 양 서둘러 짐들을 머리와 어깨 위로 짊어졌다.

조금만 버티면 고기를 먹을 수 있어!

이까짓 건 일도 아니지!

그런 그들의 머릿속에는 하나같이 그 생각뿐이었다.

"자, 그럼 올라갈까요?"

"와! 드디어 캠핑이다!"

신이 난 리타의 음성이 산 중턱에 메아리쳤다. 사다드가 저만 믿고 따라오라는 듯 앞장섰고, 공작과 이언이 산세를 살피며 느긋하게 걷기 시작했다.

"우리도 가자."

바율과 친구들도 설렘을 감추지 못한 채 저마다 어깨를 들썩이며 얼른 그 뒤를 따랐다.

그렇게 얼마나 걸었을까.

"후후, 바로 이곳입니다! 어떻습니까? 정말 풍경이 기가 막히지 않습니까? 넓기도 넓거니와, 외따로 떨어진 단독 공간이라서 밤새 시끄럽게 놀아도 아무도 뭐라고 하지 않는다는군요. 보십시오. 저기에 보이는 저 명산이 그 유명한…… 응?"

예약한 자리에 대해 기고만장 떠들던 사다드가 순간 멈춰 서더니 멍청한 표정으로 두 눈만 크게 슴벅거렸다. 당황한 티가 역력한 얼굴이었다.

"사다드 경."

"여기가 정말 명당이 맞나요?"

"제 눈엔 부러진 나무와 똥물밖에 보이지 않는데요."

그랬다. 사다드가 명당이라 자부하던 곳은 완전히 엉망이었다. 텐트를 펼치고 놀 공간이야 충분했지만, 뿌리째 뽑힌 나무들과 뒤엉켜 있는 수풀, 본래의 색을 잃은 계곡물 등 차라리 캠핑장 입구 근처에 있던 장소들이 훨씬 나아 보일 정도였다.

"이, 이게 대체 왜……."

"힝, 한껏 기대하고 왔는데……."

당혹한 사다드에 이어 리타에게서 볼멘소리가 흘러나왔다. 실망한 건 다른 일행들도 마찬가지였다. 오로지 재스퍼와 녀석의 가족들만이 새로운 환경에 신이 나서 짖어 대며 이리저리 뛰어다니기 바빴다.

"사다드 경, 너무 낙심하지 마세요."

"…예?"

"우리에겐 셰임이 있잖아요."

"아!"

사진 속 장면과 너무나도 다른 풍광에 잠시 넋을 놓고 있던 사다드의 얼굴이 그제야 활짝 폈다.

"제가 그만 깜박했습니다!"

"셰임이 그러는데, 며칠 내리 폭우가 쏟아지는 바람에 이렇게 되었다고 하네요. 조금만 기다려 보랍니다."

부끄러움을 많이 타는 셰임은 사람이 이렇게 많을 땐 잘 나타나지 않았다. 하지만 바율을 위하는 마음만큼은 늘 변함이 없었다. 바로 지금처럼.

"오오!"

"변한다!"

셰임은 부지런히 움직였다. 덕분에 쓰러지고 부러졌던 나무들이 마치 살아 있는 듯 혼자 꿈틀대며 일어나더니, 곧 원래의 자리로 돌아갔다.

상류에서 밀려 내려온 듯한 쓰레기도 한곳으로 모으자 어디선가 바람이 휙 불어와 모두 가져가 버렸다.

"템페스타도 지고 싶지 않은가 보네."

계속된 폭우로 흙이 뒤섞여 거무튀튀한 색을 띠던 계곡물 역시 한순간에 맑아졌다. 잉그리드와 이노센트가 까르르 물장구를 치며 어디론가 날아가는 광경이 눈에 들어왔다.

이후에도 셰임의 선물은 한동안 계속되었다. 텐트를 쳐야 할 곳에 푸른 잔디를 깔고, 그 주변을 색색의 꽃들로 둘러쌌다. 향기로운 꽃향기 탓인지 나비와 꿀벌들이 줄지어 날아들었다.

청명한 하늘에 무르익어 가는 가을.

색색의 단풍잎들이 그림처럼 펼쳐진 숲속 한가운데에 일행만의 특별한 자리가 그렇게 만들어졌다.

"고마워요, 셰임. 이노센트도, 템페스타도 고마워."

정령들의 수고 덕에 문제가 말끔히 해결되었다. 역시 정령들이 최고라며 다들 입을 모아 칭찬하고는 본격적으로 설영 작업에 들어갔다.

그렇게 모양도 크기도 다양한 텐트 다섯 동이 순식간에 펼쳐졌다. 공터를 둘러싼 둥근 원 형태로 설치되었는데, 중앙에선 다 같이 식사하고 이야기를 나누며 캠프파이어도 하기로 하였다.

"다들 배고프시죠? 제가 얼른 저녁 준비할게요!"

사다드가 캠핑장 예약과 승합차 렌트, 텐트와 집기 등의 관리를 맡았고, 리타가 캠핑 요리 전반을 채비해서 가져왔다.

메뉴 선정에 나름대로 고심을 거듭하던 그녀는 캠핑의 꽃은 고기가 아니겠냐는 데스의 사탕발림에 넘어가 종류별로 다양하게 정성껏 꾸려 왔다. 물론 육류를 먹지 않는 에이단을 위해 특별히 해산물도 챙겼다.

"바르는 찌개만 끓여 봐요. 양념은 내가 미리 다 만들어 왔으니까 할 수 있겠죠? 아몬이랑 아고스는 가서 채소 좀 씻어 오고요."

"네, 스승님."

"다녀오겠습니다."

리타의 한마디면 이유를 불문하고 바로바로 움직이는 마족 삼형제의 모습은 오늘도 일행에겐 참으로 하찮게 느껴졌다. 그에 바율과 친구들이 입을 막고 킬킬거리는데, 다음 순간 거짓말처럼 웃음이 뚝 끊겼다.

아닌 게 아니라 란데르트 공작이 직접 손에 집게와 가위를 들었기 때문이다.

"영주님! 제가 할게요. 그 귀한 손으로 무슨 고기를 구우시려고……!"

당황한 리타가 그 옆에서 안절부절못하는데도 공작은 초연했다.

"아니다. 이런 데서는 원래 남자가 해야 한다고 하더구나."

"그런 얘기가 있어요?"

"그래. 그러니 리타, 너도 오늘은 아무것도 하지 말고 맛있게 먹기만 하거라."

"그치만 아무리 그래도……."

리타는 거의 울기 직전이었다. 제국의 살아 있는 전설이라 불리는 란데르트 공작 전하가 아니신가. 그런 분이 손에 검이 아닌 가위와 집게를 쥐고 고기를 구우시겠다니. 리타는 그야말로 하늘이 빙빙 도는 것만 같았다.

"바율, 나무에 불 좀 붙여 주지 않겠느냐? 오늘은 이 아비가 요리사다."

"…네, 아버지."

아버지의 갑작스러운 요리사 선언(?)에 당혹하긴 했지만, 바율은 서둘러 화로에 쌓인 나무 장작에 불을 붙였다. 혼자만 할 일이 없어 멀뚱멀뚱하게 서 있던 스피넬이 재빨리 다가와서 불 조절을 도왔다.

곧 철판이 놓이고, 그 위에 소고기와 양고기 등 갖가지 구이 재료들이 올라갔다. 식욕을 자극하는 냄새가 서서히 진동했다.

“의외로 잘하시는데?”

“고기 굽는 모습마저 군계일학이시면 어쩌자는 거지.”

“누가 보면 화보 찍는 줄 알겠다.”

“역시, 너무나 완벽하신 분이야.”

이로써 만월 기사단에 들어가야 할 이유가 한 가지 더 생겼다며 라나사가 난데없이 주먹을 불끈 쥐었다.

그렇게 친구들이 감탄하며 보는 사이, 데스는 아예 화로 옆에 궁둥이를 붙이고 앉아 막 익은 고기 한 점을 손으로 집어 입에 가져갔다.

“오! 맛있어!”

촤악!

그와 동시에 그의 등판으로 리타의 강력한 손길이 꽂혔다.

“데스 씨, 지금 뭐 하는 거예요? 다 같이 먹어야죠!”

“익었는지 안 익었는지 확인해 본 거야. 이런 데까지 와서 탈 나면 안 되잖아.”

“그건 그냥 눈으로 봐도 알 수 있거든요?”

“난 아직 하수라서 먹어 봐야 알겠더라고.”

“어우, 말이나 못 하면.”

헤실헤실 웃으며 핑계 대는 몰골이 이제는 리타 눈에도

불쌍하게 보일 지경이니, 이걸 어떻게 해야 할지 모를 일이었다.

"자, 다들 와서 먹자꾸나."

어느새 구워진 양이 제법 되었다. 란데르트 공작이 가장 먼저 완성한 건 양갈비였다. 리타가 만든 특제 소스 덕분인지 정말 눈물이 나올 만큼 맛있었다.

"컹컹!"

"컹컹컹!"

"오냐, 너희들도 먹어야지."

공작이 살코기를 발라내고 남은 양갈비를 던져 주자 재스퍼가 점프를 해 입으로 낚아채더니 오독오독 뼈째 씹어 먹었다. 보석 사인방을 예뻐하는 아몬은 제 몫은 먹지도 않고 받는 족족 녀석들에게 헌납하고 있었다.

물론 다른 마족들은 그가 그러거나 말거나 제 입 채우기에 급급했다.

"가리비는 역시 구워 먹는 게 최고야."

"그래, 여기 새우도 네가 다 먹어라. 우린 못 먹으니."

라나사는 에이단에게 제 앞의 새우를 몰아주었다.

"아버지도 좀 드십시오."

굽느라고 분주한 아버지가 염려되었는지, 바율이 이제 자신이 하겠다는 양 나섰다. 하나 그건 공작에게 안 될 말이었다.

"아비도 굶지는 않을 테니 걱정 말고 어서 들거라. 식으면 맛이 없어."

몇 번의 가벼운 실랑이 끝에 바율은 결국 친구들 곁으로 돌아가 배를 채웠다.

"우리 식사 끝나면 이제 뭐 하지?"

"곧 해도 질 것 같은데."

"아! 제가 조명 가지고 왔어요. 그거 켜야 하는데 깜박했네요!"

막 고기 한 점을 입으로 가져가던 리타가 무릎을 내리치며 후다닥 달려가 상자를 뜯었다. 그리고 그 안에서 조명이 든 가방을 꺼낸 순간, 비명을 질렀다.

"꺄아악!"

"리타!"

"왜 그래?"

"무슨 일이야?"

바율과 친구들은 깜짝 놀라서 얼른 그녀에게로 뛰어갔다.

"흑, 망했어요."

"망하다니?"

"깨졌다고요."

일행은 그제야 리타의 말이 무슨 뜻인지 알아들었다. 그녀가 들고 있는 가방 속에서 깨진 유리 조각들이 보였기 때문이다.

“차 안에서 흔들렸나 보네.”

“이건 유리만 따로 파니까 너무 상심하지 마.”

“일단 날도 어두워지고 하니 이대로 넣어 두고 나중에 치우자.”

“이게 다 데스 씨 때문이에요!”

울상을 짓던 리타가 일순 표독한 눈초리로 데스를 획 째려보았다. 화로를 떠나지 않고 열심히 고기를 주워 먹고 있던 데스가 그 살기를 느끼고 움찔했다.

하지만 그 와중에도 고기만은 포기하지 않겠다는 듯 포크에서 손을 놓지도, 자리를 비키지도 않았다. 그게 리타의 화를 더 부채질하였으나, 캠핑 분위기를 망칠 수 없어서 그녀로서도 당장은 참는 수밖에 없었다.

물론 그렇다고 우울한 기분이 사라지지는 않았지만 말이다.

저 웬수를 데려오는 게 아니었는데.

그 조명은 그냥 내가 옮길걸.

절망의 신님, 왜 제게 이런 시련을 주는 건가요?

제가 요즘 헌금도 잊지 않고 잘 내고 있는데, 신경을 좀 써 주셔야 하는 것 아닌가요?

이런 식이면 곤란합니다.

당분간 좀 두고 보겠어요.

그 절망의 신이 누군지도 모른 채, 리타는 괜한 원망만 속으로 쏟아 냈다.

그러나 절망이 있으면 희망도 있는 법.

풀이 죽은 리타가 안쓰러웠는지, 템페스타가 답지 않게 놀라운 선물을 안겨 줬다.

"우, 우와! 도련님, 이게 뭐예요?"

해가 지고 컴컴한 어둠이 캠핑장을 뒤덮었다. 조명이 없으니 아쉬운 대로 대신 일라이가 라이트 마법을 시전하려는 찰나, 별안간 수많은 반딧불이 일대를 덮쳤다.

태어나서 이런 장관은 처음이었다. 리타는 물론 다들 눈이 휘둥그레진 채 홀린 듯 반딧불을 올려다보았다.

"근처에 있길래 내가 데려왔어. 리타, 마음에 들어?"

"당연히 마음에 들지! 하아, 역시 템페스타밖에 없다니까."

감격에 벅찬 리타가 엄지를 치켜세우자 템페스타의 어깨가 한층 솟아올랐다. 칭찬받기를 워낙에 좋아하는 녀석이다 보니 한두 번 보는 모습도 아니건만, 괜히 흐뭇한 기분이 들었다.

"템페스타, 고마워."

"말로 표현하기 어려울 정도로 아름다운 장면이야."

"이런 순간에 음악이 빠질 순 없겠지?"

일라이가 대뜸 기타를 꺼낸 것은 그때였다. 늘 갖고 다니긴 해도 요즘은 통 연주하는 모습을 보지 못했기에 조금 의외였다.

"스피넬, 우리도 캠프파이어 시작해 볼까?"

"좋죠."

그 말만을 기다렸다는 듯, 스피넬이 곧바로 모닥불을 피웠다. 땔감은 낮에 바닥에서 주운 솔방울과 나뭇가지들이었다.

그에 한껏 상기된 얼굴의 일행이 자연스레 불 주변으로 모여들었다.

우주 최강 미모(일라이) : 아빠, 안 와?

저녁쯤에는 합류하기로 했던 라에가르에게서 여태 아무 연락이 없자 일라이가 연주 시작 전에 카톡을 보냈다. 그러자 답장이 바로 떴다.

겸둥이♥(이사장) : 이미 왔지.

우주 최강 미모(일라이) : 왔다고? 어디?

겸둥이♥(이사장) : 네 앞에.

일라이가 핸드폰을 보느라 수그리고 있던 고개를 번쩍 들었다. 그런 녀석의 눈앞에 라예가르가 금빛 머리카락을 휘날리며 환하게 웃고 있었다.

"아빠!"

"내가 좀 늦었지?"

"아니, 안 늦었어. 이제 막 노래를 하려던 참이었거든."

"오, 그럼 타이밍 좋게 나타난 건가?"

누구보다 아버지에게 들려주고 싶었다. 일라이가 자신 있게 씩 미소 짓더니 툭 튀어나온 바위에 아무렇게나 걸터앉은 채 연주를 시작했다.

녀석의 고운 미성이 이내 밤바람을 타고 고요하게 울려 퍼졌다.

오늘도 셰임은 부끄러움을 이겨 내고 홀린 듯 걸어 나와 일라이의 노래를 감상했다. 조금씩 차이는 있었지만, 일행 전부 대부분 비슷한 표정으로 녀석의 연주에 빠져들었다.

그런 아들이 뿌듯했는지 라예가르의 입가에 흐뭇한 미소가 감돌았다.

맛있는 음식, 아름다운 장소, 좋은 사람들, 멋진 음악.

모든 것이 완벽했다.

다소 충동적으로 계획된 첫 캠핑의 밤이 그렇게 저물어 갔다. 각자의 가슴 속에 소중한 추억을 하나씩 새기고서.

〈외전 끝〉

ETAN
이탄
ORIGINAL FANTASY STORY & ADVENTURE
쥬논 판타지 장편소설
〈흡혈왕 바하문트〉, 〈샤피로〉, 〈하라간〉을 잇는
쥬논의 사대신수 시리즈, 그 마지막 이야기!
혹독한 훈련을 받고 가문을 위한 희생양으로서
다른 차원으로 보내진 이탄.
듀라한으로 다시 태어난 그는 신관이 되어
본래 세계로 돌아갈 방법을 찾기 시작한다.
dream books
드림북스

『제왕록』, 『무림에 가다』 시리즈의 작가 박정수
그가 거침없는 현대 판타지로 돌아왔다!
『신화의 전장』
주먹을 믿지 마라.
우리가 살아가는 이 땅에 인간을 벗어난 자들이 존재한다.
dream
books
드림북스

환생왕

요도 김남재 신무협 장편소설

ORIENTAL FANTASY STORY & ADVENTURE

정체를 알 수 없는 세력들에 의해
비참한 최후를 맞이한
천룡성(天龍城)의 후계자 천무진.
그런 그에게 찾아온 또 한 번의 삶.
그리고 그를 돕기 위해 나타난 여인 백아린.

"이번엔…… 당하지 않는다."

**이젠 되돌려 줄 차례다.**
**새로운 용이 강호를 뒤흔든다!**

dream books
드림북스

DREAMBOOKS★

DREAMBOOKS★

DREAMBOOKS★